«Romantik» ist in Spanien ein weiterer Begriff als bei uns. Dieses Taschenbuch enthält Erzählungen und – auf der Mitte zwischen Erzählung und Feuilleton – «kostumbristische» Geschichten aus fast dem ganzen 19. Jahrhundert.

Die sieben Autoren, die hier – den meisten Lesern gewiß zum ersten Mal – vorgestellt werden, geben zu erkennen, was für einen Nachholbedarf an Modernität Spanien damals hatte (gegenüber Frankreich, England, Deutschland). Sie versuchen ihre Landsleute aus provinzieller Rückständigkeit herauszulocken, herauszuspotten – und ihnen gleichzeitig Mut zu machen, sich auf schöne nationale und regionale Traditionen und Kräfte zu besinnen. Indem sie das tun – bieder volkserzieherisch, satirisch oder komödiantisch –, schreiben sie ein unterhaltsames und lehrreiches Kapitel spanischer und europäischer Kulturgeschichte.

Den spanischen Originaltexten ist Absatz für Absatz eine deutsche Übersetzung gegenübergestellt. Ein Nachwort und Autorenporträts von Manuel Jurado geben interessante Aufschlüsse.

dtv zweisprachig · Edition Langewiesche-Brandt

RELATOS ROMÁNTICOS ESPAÑOLES

ROMANTISCHE GESCHICHTEN AUS SPANIEN

Auswahl und Übersetzung von
Erna Brandenberger
Nachwort und Autorenporträts von
Manuel Jurado

Deutscher Taschenbuch Verlag

Der literaturgeschichtlich nächste Band der spanischen Lesebuch-Serie in der Reihe dtv zweisprachig:
Spanische Erzähler (spätes 19. Jahrhundert). dtv 9187.
Daran schließen an:
Spanische Autoren; die 98er Generation. dtv 9140.
Spanische Erzähler 1900–1936. dtv 9219.
Spanische Dichter; die 27er Generation. dtv 9160.
Moderne Erzähler in Spanien. dtv 9085.
Spanische Erzähler im Exil. dtv 9077.

© Deutscher Taschenbuch Verlag GmbH & Co. KG, München
September 1987. Originalausgabe
Umschlaggestaltung: Celestino Piatti
Gesamtherstellung: Kösel, Kempten
ISBN 3-423-09242-4. Printed in Germany

Gustavo Adolfo Bécquer
El rayo de luna 6
Der Mondstrahl 7

Fernán Caballero
La viuda del cesante 30
Die Witwe des entlassenen Beamten 31

Serafín Estébanez Calderón
Los filósofos en el figón 68
Die Philosophen in der Kneipe 69

Mariano José de Larra
En este país 80
In unserm Land 81

Ramón Mesonero Romanos
El alpuiler de un cuarto 96
Zimmer zu vermieten 97

Angel de Saavedra, duque de Rivas
El hospedador de provincia 114
Der Gastfreund auf dem Lande 115

Antonio Trueba
El mas listo que Cardona 136
Klüger als Cardona 137

Anmerkungen 170

Manuel Jurado
Zur spanischen Romantik 171

Zu den Autoren 176

Gustavo Adolfo Bécquer
El rayo de luna

Yo no sé si esto es una historia que parece cuento, o un cuento que parece historia; lo que puedo decir es que en su fondo hay una verdad, una verdad muy triste, de la que acaso yo seré uno de los últimos en aprovecharme, dadas mis condiciones de imaginación.

Otro, con esta idea, tal vez hubiera hecho un tomo de filosofía lacrimosa; yo he escrito esta leyenda, que a los que nada vean en su fondo, al menos podrá entretenerles un rato.

Era noble, había nacido entre el estruendo de las armas, y el insólito clamor de una trompa de guerra ni le hubiera hecho levantar la cabeza un instante ni apartar sus ojos un punto del oscuro pergamino en que leía la última cantiga de un trovador.

Los que quisieran encontrarle, no lo debían buscar en el anchuroso patio de su castillo, donde los palafreneros domaban los potros, los pajes enseñaban a volar a los halcones, y los soldados se entretenían los días de reposo en afilar el hierro de su lanza contra una piedra.

– ¿Dónde está Manrique, dónde está vuestro señor? – preguntaba algunas veces su madre.

– No sabemos – respondían sus servidores –: acaso estará en el claustro del monasterio de la Peña, sentado al borde de una tumba, prestando oídos a ver si sorprende alguna palabra de la conversación de los muertos; o en el puente mirando correr unas tras otras las olas del río por debajo de sus arcos; o acurrucado en la quiebra de una roca y entretenido en contar las estrellas del cielo, en seguir una nube con la vista, o contemplar los fuegos fatuos que cruzan como exhalaciones sobre el haz de las lagu-

Gustavo Adolfo Bécquer
Der Mondstrahl

Ich weiß nicht, ob das eine Geschichte ist, die sich wie ein Märchen liest, oder ein Märchen, das eine wahre Geschichte sein könnte; ich kann nur sagen, daß eine Wahrheit darin steckt, eine tieftraurige Wahrheit, und bei meiner Wesensart und Phantasie werde ich wohl einer der Letzten sein, der daraus eine Lehre zieht.

Ein anderer hätte aus diesem Stoff vielleicht ein dickes Buch voll weinerlicher Philosophie gemacht; ich habe diese Legende geschrieben, und wer keinen tieferen Sinn darin findet, den möge sie wenigstens eine Weile unterhalten.

Er war von edlem Geblüt und mitten im Waffenlärm geboren, doch auch der seltsam schmerzende Klang einer Kriegstrompete hätte ihn weder dazu gebracht, seinen Kopf einen Augenblick zu heben noch seine Augen ein wenig vom dunklen Pergament zu lösen, auf dem er das letzte Lied eines Minnesängers las.

Wer ihn finden wollte, durfte ihn nicht im weitläufigen Burghof suchen, wo die Pferdeknechte die Fohlen einritten, die Pagen die Falken abrichteten und die Soldaten an Ruhetagen sich damit die Zeit vertrieben, daß sie ihre Lanzen an einem Stein wetzten.

«Wo ist Manrique, wo ist euer Herr?» fragte manchmal seine Mutter.

«Wir wissen es nicht», antworteten jedesmal seine Diener, «vielleicht sitzt er im Kreuzgang des Felsenklosters an einem Grab und lauscht, ob er vom Gespräch der Toten ein Wort erhascht,

oder er steht auf der Brücke und schaut zu, wie eine Welle um die andere unter den Bögen hindurchfließt, oder er kauert versonnen auf einem Felsgrat und zählt die Sterne am Himmel oder folgt mit den Augen einer Wolke oder betrachtet die Reflexe, die wie Irrlichter kreuz und quer über die spiegelnde Fläche des Teiches flirren. Irgendwo

nas. En cualquiera parte estará menos en donde esté todo el mundo.

En efecto, Manrique amaba la soledad, y la amaba de tal modo, que algunas veces hubiera deseado no tener sombra, porque su sombra no le siguiese a todas partes.

Amaba la soledad, porque en su seno, dando rienda suelta a la imaginación, forjaba un mundo fantástico, habitado por extrañas creaciones, hijas de sus delirios y sus ensueños de poeta; porque Manrique era poeta, tanto, que nunca le habían satisfecho las formas en que pudiera encerrar sus pensamientos, y nunca los había encerrado al escribirlos.

Creía que entre las rojas ascuas del hogar habitaban espíritus de fuego de mil colores, que corrían como insectos de oro a lo largo de los troncos encendidos, o danzaban en una luminosa ronda de chispas en la cúspide de las llamas, y se pasaba las horas muertas sentado en un escabel junto a la alta chimenea gótica, inmóvil y con los ojos fijos en la lumbre.

Creía que en el fondo de las ondas del río, entre los musgos de la fuente y sobre los vapores del lago, vivían unas mujeres misteriosas, hadas, sílfides u ondinas, que exhalaban lamentos y suspiros, o cantaban y se reían en el monótono rumor del agua, rumor que oía en silencio intentando traducirlo.

En las nubes, en el aire, en el fondo de los bosques, en las grietas de las peñas, imaginaba percibir formas o escuchar sonidos misteriosos, formas de seres sobrenaturales, palabras ininteligibles que no podía comprender.

¡Amar! Había nacido para soñar el amor, no para sentirlo. Amaba a todas las mujeres un instante: a ésta porque era rubia, a aquélla porque tenía los labios rojos, a la otra porque se cimbreaba, al andar, como un junco.

Algunas veces llegaba su delirio hasta el punto de

kann er sein, nur nicht dort, wo die Leute sich für gewöhnlich aufhalten.»

In der Tat liebte Manrique die Einsamkeit, er liebte sie so inbrünstig, daß er sich bisweilen wünschte, keinen Schatten zu haben, damit ihm sein Schatten nicht überallhin folge.

Er liebte die Einsamkeit, denn in ihrem Schoße ließ er seiner Phantasie freien Lauf, schmiedete sich eine Märchenwelt und bevölkerte sie mit wunderlichen Geschöpfen, lauter Kindern seiner Träume und dichterischen Wünsche, denn Manrique war ein Dichter, so durch und durch, daß ihn die Formen nie befriedigten, in die er seine Eingebungen hätte gießen können, und er hatte sie auch noch nie aufgeschrieben und in eine Form gebracht.

Er glaubte, in der rotglühenden Asche des Kaminfeuers wohnten buntfarbene Feuergeister, die wie goldschillernde Insekten über die brennenden Scheite huschten oder in einem sprühenden Funkenreigen auf den Flammenspitzen tanzten, und so saß er denn stundenlang regungslos auf einem Schemel vor dem hohen gotischen Kamin und schaute unverwandt in die Glut.

Er glaubte, daß unter den Wellen des Flusses, im moosigen Grund der Quelle und über den Dunstschleiern des Sees geheimnisvolle Frauengestalten wohnten – Feen, Sylphiden oder Undinen –, die seufzende Klagelaute hauchten oder sangen oder im stets gleichen Gemurmel des Wassers lachten; versunken lauschte er dem Raunen und bemühte sich darum, es zu übersetzen.

Er bildete sich ein, in den Wolken, in der Luft, in der Tiefe des Waldes, in den Felsspalten Gestalten zu sehen oder rätselhafte Geräusche zu hören, Erscheinungen übernatürlicher Wesen oder unverständliche Worte, die er nicht zu deuten vermochte.

Lieben! Er war geboren, von der Liebe zu träumen, nicht sie zu fühlen. Er liebte alle Frauen, aber nur einen Augenblick: diese, weil sie blond war, jene, weil sie rote Lippen hatte, und eine andere, weil sie sich im Gehen bog wie ein geschmeidiges Schilfrohr.

Manchmal versank er so tief in seine Traumwelt, daß er

quedarse una noche entera mirando a la luna, que flotaba en el cielo entre un vapor de plata, o a las estrellas, que temblaban a lo lejos como los cambiantes de las piedras preciosas. En aquellas largas noches de poético insomnio, exclamaba: Si es verdad, como el Prior de la Peña me ha dicho, que es posible que en ese globo de nácar que rueda sobre las nubes habitan gentes, ¡qué mujeres tan hermosas serán las mujeres de esas regiones luminosas, y yo no podré verlas, y yo no podré amarlas!... ¿Cómo será su hermosura?... ¿Cómo será su amor?...

Manrique no estaba aún lo bastante loco para que le siguiesen los muchachos, pero sí lo suficiente para hablar y gesticular a solas, que es por donde se empieza.

Sobre el Duero, que pasaba lamiendo las carcomidas y oscuras piedras de las murallas de Soria, hay un puente que conduce de la ciudad al antiguo convento de los Templarios, cuyas posesiones se extendían a lo largo de la opuesta margen del río.

En la época a que nos referimos, los caballeros de la Orden habían ya abandonado sus históricas fortalezas; pero aún quedaban en pie los restos de los anchos torreones de sus muros, aún se veían, como en parte se ven hoy, cubiertos de hiedra y campanillas blancas, los macizos arcos de su claustro, las prolongadas galerías ojivales de sus patios de armas, en las que suspiraba el viento con un gemido agitando las altas hierbas.

En los huertos y en los jardines, cuyos senderos no hollaban hacía muchos años las plantas de los religiosos, la vegetación, abandonada a sí misma, desplegaba todas sus galas, sin temor de que la mano del hombre la mutilase, creyendo embellecerla. Las plantas trepadoras subían encaramándose por los añosos troncos de los árboles; las sombrías calles

ganze Nächte lang zuschaute, wie der Mond in einem silbernen Dunstschleier über den Himmel glitt oder wie die Sterne in der Ferne funkelten, als wären sie geschliffene Edelsteine. In solchen Nächten dichterischer Schlaflosigkeit rief er dann gelegentlich aus:

«Wenn es wahr ist, was der Prior des Felsenklosters mir gesagt hat, daß auf dieser Perlmutterkugel, die über den Wolken schwebt, möglicherweise Menschen wohnen, wie schön müssen dann die Frauen dieser Lichtwelt sein, aber ich werde sie nie sehen können und nie lieben dürfen!... Welcher Art mag ihre Schönheit sein? ... Wie ihre Liebe?...»

Manriques Sinne waren noch nicht so verwirrt, daß die Straßenjungen hinter ihm herliefen, aber doch so, daß er ganz allein vor sich hinredete und mit den Händen fuchtelte, und damit fängt es ja an.

Über den Duero, welcher die abbröckelnden dunklen Steinquader der Mauern von Soria bespült, führt eine Brücke von der Stadt zum alten Kloster der Tempelherren, deren Liegenschaften sich entlang dem jenseitigen Flußufer hinzogen.

Zu der Zeit, von der wir berichten, hatten die Ordensleute ihre geschichtsträchtige Festung bereits verlassen; aber noch standen Überreste der mächtigen Ecktürme aus ihrer Umfassungsmauer, noch sah man die mit Efeu und Winden umrankten Steinrippen des Kreuzgangs und die langen Spitzbogengänge um die Turnierplätze herum, wie man sie stellenweise bis heute erkennt, durch die der Wind seufzend hindurchstrich und mit seinem Hauch das hohe Gras darin fächelte.

In den Nutz- und Ziergärten, deren Wege die Sandalen der Mönche seit vielen Jahren nicht mehr betreten hatten, blieb die Natur ganz sich selbst überlassen und entfaltete ihre volle Pracht ohne jegliche Furcht, daß Menschenhand sie zurechtstutzen könnte – im guten Glauben, sie zu verschönern. Kletterpflanzen wanden sich an alten Baumstämmen empor; die schattendunklen Pappelalleen, über denen

de álamos, cuyas copas se tocaban y se confundían entre sí, se habían cubierto de césped; los cardos silvestres y las ortigas brotaban en medio de los enarenados caminos, y en los trozos de fábrica, próximos a desplomarse, el jaramago, flotando al viento como el penacho de una cimera, y las campanillas blancas y azules, balanceándose como en un columpio sobre sus largos y flexibles tallos, pregonaban la victoria de la destrucción y la ruina.

Era de noche; una noche de verano, templada, llena de perfumes y de rumores apacibles, y con una luna blanca y serena, en mitad de un cielo azul luminoso y transparente.

Manrique, presa su imaginación de un vértigo de poesía, después de atravesar el puente, desde donde contempló un momento la negra silueta de la ciudad, que se destacaba sobre el fondo de algunas nubes blanquecinas y ligeras arrolladas en el horizonte, se internó en las desiertas ruinas de los Templarios.

La medianoche tocaba a su punto. La luna, que se había ido remontando lentamente, estaba ya en lo más alto del cielo, cuando al entrar en una oscura alameda que conducía desde el derruido claustro a la margen del Duero, Manrique exhaló un grito leve, ahogado, mezcla extraña de sorpresa, de temor y de júbilo.

En el fondo de la sombría alameda había visto agitarse una cosa blanca, que flotó un momento y desapareció en la oscuridad. La orla del traje de una mujer, de una mujer que había cruzado el sendero y se ocultaba entre el follaje, en el mismo instante en que el loco soñador de quimeras o imposibles penetraba en los jardines.

¡Una mujer desconocida!... ¡En este sitio!... ¡A estas horas! Esa, ésa es la mujer que yo busco, exclamó Manrique; y se lanzó en su seguimiento, rápido como una saeta.

die Baumkronen einander berührten und sich verflochten, waren dicht mit Gras überwachsen; wilde Disteln und Nesseln sprossen mitten auf den Kieswegen; auf beinahe zusammenstürzenden Mauerstücken wiegten sich Senfkohlpolster mit ihren gelben Blüten wie Federbüsche auf Ritterhelmen, und die blauen und weißen Glocken der Winden schaukelten spielerisch auf ihren langen biegsamen Ranken und verkündeten weithin den Sieg der Zerstörung und des Verfalls.

Es war Nacht, eine laue Sommernacht voll zarter Düfte und sanfter Geräusche, und mitten im leuchtend blauen, beinahe durchsichtigen Himmel stand weiß und friedlich der Mond.

Manriques taumelnde Sinne schwelgten in poetischen Phantasiebildern, als er die Brücke überschritt, eine Weile auf die Stadt zurückblickte, deren Umrisse sich vor den duftigen milchweißen Wolkenbäuschchen ganz schwarz abhoben, und sich dann in die verlassenen Ruinen des Templerklosters begab.

Mitternacht war eben erreicht. Der Mond, der langsam am Himmel emporgestiegen war, stand ganz hoch, und wie nun Manrique eine dunkle Pappelallee betrat, welche vom verfallenen Klostergebäude zum Duero hinunterführte, entfuhr ihm auf einmal ein Schrei, leise nur, unterdrückt, ein seltsames Gemisch aus Überraschung, Angst und Entzücken.

Ganz zuhinterst in der dunklen Allee hatte er etwas Weißes sich bewegen sehen, nur einen Augenblick lang war es vorübergeschwebt und wieder in der Nacht versunken. Der Saum eines Frauengewandes – bestimmt war eine Frau gerade dann über den Weg gegangen und hatte sich im Gebüsch versteckt, als der trunkene Träumer unmöglicher Wunschgebilde in den Garten eintrat.

«Eine unbekannte Frau!... An diesem Ort!... Zu dieser Stunde! Es ist, ja es ist die Frau, die ich suche!» jauchzte Manrique; und er flog hinter ihr her, zielgerichtet wie ein Pfeil.

Llegó al punto en que había visto perderse entre la espesura de las ramas a la mujer misteriosa. Había desaparecido. ¿Por dónde? Allá lejos, muy lejos, creyó divisar por entre los cruzados troncos de los árboles como una claridad o una forma blanca que se movía. – ¡Es ella, es ella, que lleva alas en los pies y huye como una sombra! – dijo y se precipitó en su busca, separando con las manos las redes de hiedra que se extendían como un tapiz de unos en otros álamos. Llegó rompiendo por entre la maleza y las plantas parásitas hasta una especie de rellano que iluminaba la claridad del cielo... ¡nadie! – ¡Ah!, por aquí, por aquí va – exclamó entonces –. Oigo sus pisadas sobre las hojas secas, y el crujido de su traje que arrastra por el suelo y roza en los arbustos – y corría, y corría como un loco de aquí para allá, y no la veía –. Pero siguen sonando sus pisadas – murmuró otra vez –; creo que ha hablado; no hay duda, ha hablado ... el viento que suspira entre las ramas, las hojas que parece que rezan en voz baja, me han impedido oír lo que ha dicho; pero no hay duda, va por ahí, ha hablado... ¿En qué idioma? No sé, pero es una lengua extranjera... Y tornó a correr en su seguimiento, unas veces creyendo verla, otras pensando oírla; ya notando que las ramas, por entre las cuales había desaparecido, se movían; ya imaginando distinguir en la arena la huella de sus breves pies; luego, firmemente persuadido de que un perfume especial que aspiraba a intervalos era un aroma perteneciente a aquella mujer que se burlaba de él, complaciéndose en huirle por entre aquellas intrincadas malezas. ¡Afán inútil!

Vagó algunas horas de un lado a otro fuera de sí, ya parándose para escuchar, ya deslizándose con las mayores precauciones sobre la hierba, ya en una carrera frenética y desesperada.

Avanzando, avanzando por entre los inmensos jardines que bordeaban la margen del río, llegó, al

Er kam zu der Stelle, wo er die rätselhafte Frau im dichten Laubwerk hatte verschwinden sehen. Sie war enteilt. Wohin? Dort, weit weg, ganz in der Ferne glaubte er, etwas Helles zwischen den sich kreuzenden Baumstämmen hindurchschimmern zu sehen, vielleicht eine weiße Gestalt, die sich bewegte. «Sie ist es, sie ist es! Sie hat Flügel an den Füßen und entflieht wie ein Schatten!» sagte er, stürzte davon und riß suchend da und dort Efeuranken mit den Händen auseinander, die wie Teppiche zwischen den Pappeln hingen. Durch Unkraut und Gestrüpp bahnte er sich einen Weg bis zu einer Art Lichtung, die im vollen Mondlicht dalag... Niemand! «Ach, da, da geht sie!» rief er dann: «Ich höre ihre Schritte auf den dürren Blättern rascheln und ihr Gewand über den Boden streichen und ans Gebüsch streifen», und er rannte und rannte wie ein Irrer dahin und dorthin, doch er sah sie nicht. «Aber ihre Schritte knirschen immer noch», murmelte er abermals, «ich glaube, sie hat geredet; ja, ich bin sicher, sie hat geredet... der Wind raunt durch das Geäst, das Laub scheint flüsternd mitzubeten – sie verwehren mir zu hören, was sie sagt; aber kein Zweifel, sie geht hier umher, und sie hat geredet... In welcher Sprache? Ich weiß nicht, aber es ist eine fremde Sprache...» Immer weiter eilte er ihr nach, einmal glaubte er, sie zu sehen, ein andermal, sie zu hören; bald bemerkte er, daß die Zweige sich bewegten, zwischen denen sie hindurchgeschlüpft war, bald bildete er sich ein, im Sand die Spuren ihrer zierlichen Füße zu erkennen, dann wieder war er fest überzeugt, daß ein ganz besonderer Duft, den er von Zeit zu Zeit einatmete, zu dieser Frau gehörte, die ihn zum Narren hielt und sich einen Spaß daraus machte, ihm in diesem Dickicht immer wieder zu entwischen. Vergebliches Unterfangen also!

Mehrere Stunden irrte er umher und geriet ganz außer sich; bald hielt er inne, um zu lauschen, bald schlich er mit größter Vorsicht über das Gras, bald rannte er in wilder Verzweiflung dahin und dorthin.

Immer weiter drang er durch die weitläufigen Gärten, die sich am Flußufer hinzogen, und geriet schließlich an den Fuß

fin, al pie de las rocas sobre las que se eleva la ermita de San Saturio. – Tal vez desde esta altura podré orientarme para seguir mis pesquisas a través de ese confuso laberinto – exclamó trepando de peña en peña con la ayuda de su daga.

Llegó a la cima, desde la que se descubre la ciudad en lontananza y una gran parte del Duero que se retuerce a sus pies, arrastrando una corriente impetuosa y oscura por entre las corvas márgenes que lo encarcelan.

Manrique, una vez en lo alto de las rocas, tendió la vista a su alrededor, pero al tenderla y fijarla al cabo, en un punto, no pudo contener una blasfemia.

La luz de la luna rielaba chispeando en la estela que dejaba en pos de sí una barca que se dirigía a todo remo a la orilla opuesta.

En aquella barca había creído distinguir una forma blanca y esbelta, una mujer sin duda, la mujer que había visto en los Templarios, la mujer de sus sueños, la realización de sus más locas esperanzas. Se descolgó de las peñas con la agilidad de un gamo, arrojó al suelo la gorra, cuya redonda y larga pluma podía embarazarle para correr, y desnudándose del ancho capotillo de terciopelo, partió como una exhalación hacia el puente.

Pensaba atravesarlo y llegar a la ciudad antes que la barca tocase en la otra orilla. ¡Locura! Cuando Manrique llegó jadeante y cubierto de sudor a la entrada, ya los que habían atravesado el Duero por la parte de San Saturio entraban en Soria por una de las puertas del muro, que en aquel tiempo llegaba hasta la margen del río en cuyas aguas se retrataban sus pardas almenas.

Aunque desvanecida su esperanza de alcanzar a los que habían entrado por el postigo de San Saturio, no por eso nuestro héroe perdió la de saber la casa que en la ciudad podía albergarlos. Fija en su mente

des Felsens, auf dem die Einsiedelei von San Saturio steht. «Vielleicht kann ich mich von dort oben aus zurechtfinden, um bei meiner Suche durch diesen wirren Irrgarten voranzukommen», sagte er zu sich, während er mit Hilfe seines Dolches von Felsblock zu Felsblock emporkletterte.

So gelangte er auf die Anhöhe, von wo aus man in der Ferne die Stadt und ein großes Stück des Duero überblicken kann, der sich zu ihren Füßen windet und zwischen steilen Ufern eingeklemmt sie als ungestümer dunkler Strom umbraust.

Sobald Manrique oben auf der Felskuppe stand, ließ er seine Blicke schweifen, doch als er genauer schaute und sie schließlich fest auf einen Punkt richtete, konnte er einen Fluch nicht verbeißen.

Die Strahlen des Mondes beschienen glitzernd die Kielspur eines Bootes, das mit voller Kraft der Ruderer dem gegenüberliegenden Ufer zustrebte.

In diesem Boot glaubte er eine weiße schlanke Gestalt wahrzunehmen, sicher eine Frau, die Frau, die er im Garten der Tempelherren gesehen hatte, die Frau seiner Träume, die Verkörperung seiner berauschendsten Hoffnungen. Behend wie ein Wild sprang er über die Felsblöcke hinunter, warf seine Mütze zu Boden, deren lange gebogene Feder ihm beim Laufen hinderlich sein könnte, entledigte sich seines weiten Samtmantels und flog wie ein Pfeil auf die Brücke zu.

Er beabsichtigte, sie zu überqueren und zur Stadt zu gelangen, bevor das Boot am andern Ufer anlegte. Wahnsinn! Als Manrique keuchend und schweißtriefend zum Stadttor kam, waren die Leute, die von San Saturio aus über den Duero gesetzt hatten, schon durch eines der Tore nach Soria hineingelangt, denn damals reichten die Stadtmauern noch bis zum Flußufer und ihre grauen Zinnen spiegelten sich noch in seinen Wassern.

Obwohl seine Hoffnung geschwunden war, die Leute einzuholen, die durch das Tor von San Saturio in die Stadt hineingegangen waren, so verlor unser Held doch nicht die, das Haus herauszufinden, das sie beherbergen würde. Mit die-

esta idea, penetró en la población, y dirigiéndose hacia el barrio de San Juan, comenzó a vagar por sus calles a la ventura.

Las calles de Soria eran entonces, y lo son todavía, estrechas, oscuras y tortuosas. Un silencio profundo reinaba en ellas, silencio que sólo interrumpían, ora el lejano ladrido de un perro, ora el rumor de una puerta al cerrarse, ora el relincho de un corcel que piafando hacía sonar la cadena que le sujetaba al pesebre en las subterráneas caballerizas.

Manrique, con el oído atento a estos rumores de la noche, que unas veces le parecían los pasos de alguna persona que había doblado ya la última esquina de un callejón desierto, otras, voces confusas de gentes que hablaban a sus espaldas, y que a cada momento esperaba ver a su lado, anduvo algunas horas corriendo al azar de un sitio a otro.

Por último, se detuvo al pie de un caserón de piedra, oscuro y antiquísimo, y al detenerse brillaron sus ojos con una indescriptible expresión de alegría. En una de las altas ventanas ojivales de aquel que pudiéramos llamar palacio, se veía un rayo de luz templada y suave, que pasando a través de unas ligeras colgaduras de seda color de rosa, se reflejaba en el negruzco y grieteado paredón de la casa de enfrente.

– No cabe duda; aquí vive mi desconocida – murmuró el joven con voz baja y sin apartar un punto sus ojos de la ventana gótica –; aquí vive. Ella entró por el postigo de San Saturio..., por el postigo de San Saturio se viene a este barrio..., en este barrio hay una casa, donde pasada la medianoche aún hay gente en vela..., ¿en vela? ¿Quién sino ella, que vuelve de sus nocturnas excursiones, puede estarlo a estas horas?... No hay más; ésta es su casa.

En esta firme persuasión, y revolviendo en su cabeza las más locas y fantásticas imaginaciones, esperó el alba frente a la ventana gótica, de la que

sem festen Vorhaben betrat er die Stadt und lenkte seine Schritte zum San Juan-Viertel, wo er auf gut Glück durch die Gassen schlenderte.

Damals waren die Gassen von Soria eng, dunkel, winklig, und sie sind es heute noch. Tiefe Stille herrschte darin, und nur hie und da wurde sie von fernem Hundegebell durchbrochen oder vom Knarren einer ins Schloß fallenden Tür oder vom Schnauben eines Pferdes in unterirdischen Ställen, das mit den Hufen aufstampfend an der Kette riß, mit der es an der Krippe festgebunden war.

Manrique horchte gespannt auf diese Nachtgeräusche, die er bald für die Schritte einer Person hielt, die eben um die nächste Ecke einer menschenleeren Gasse gebogen war, bald für Stimmengewirr von Leuten hinter seinem Rücken, die er jeden Augenblick an seiner Seite erwartete, und so rannte er ziellos umher, lief stundenlang von einem Ort zum andern.

Endlich hielt er vor einem großen, dunklen, altehrwürdigen Steinhaus inne, und kaum stand er davor, fingen seine Augen an, unbeschreiblich freudig zu leuchten.

In einem der hohen Spitzbogenfenster des Gebäudes, das wie ein Palast aussah, gewahrte er einen zarten Schimmer milden Lichts, das durch feine rosenfarbene Seidenvorhänge drang und die schwärzliche rissige Mauer des Hauses gegenüber beschien.

«Kein Zweifel, hier wohnt meine Unbekannte», murmelte der Jüngling vor sich hin und blickte wie gebannt auf das gotische Fenster: «Hier wohnt sie. Durch das San Saturio-Tor hat sie die Stadt betreten, und vom San Saturio-Tor her kommt man in dieses Viertel ... in diesem Viertel steht ein Haus, wo über Mitternacht hinaus noch Leute wach sind ... wach? Wer außer ihr, die eben von ihren nächtlichen Ausflügen zurückgekommen ist, könnte um diese Zeit noch wach sein? Kein Zweifel; das ist ihr Haus.»

Mit dieser festen Überzeugung und mit den wildesten verrücktesten Phantasien im Kopf wartete er unter dem gotischen Fenster den Morgen ab – die ganze Nacht blieb

en toda la noche no faltó la luz, ni él separó la vista un momento.

Cuando llegó el día, las macizas puertas del arco que daba entrada al caserón, y sobre cuya clave se veían esculpidos los blasones de su dueño, giraron pesadamente sobre los goznes, con un chirrido prolongado y agudo. Un escudero apareció en el umbral con un manojo de llaves en la mano, restregándose los ojos, y enseñando al bostezar una caja de dientes capaces de dar envidia a un cocodrilo.

Verle Manrique y lanzarse a la puerta, fue obra de un instante.

– ¿Quién habita en esta casa? ¿Cómo se llama ella? ¿De dónde es? ¿A qué ha venido a Soria? ¿Tiene esposo? Responde, responde animal – esta fue la salutación que sacudiéndole el brazo violentamente, dirigió al pobre escudero, el cual, después de mirarle un buen espacio de tiempo con ojos espantados y estúpidos, le contestó con voz entrecortada por la sorpresa:

– En esta casa vive el muy honrado señor don Alonso de Valdecuellos, montero mayor de nuestro señor el rey, que herido en la guerra contra los moros se encuentra en esta ciudad reponiéndose de sus fatigas.

– Pero ¿y su hija? – interrumpió el joven impaciente –; ¿y su hija, o su hermana, o su esposa, o lo que sea?

– No tiene ninguna mujer consigo.

– No tiene ninguna!... ¿Pues quién duerme allí en aquel aposento, donde toda la noche he visto arder una luz?

– ¿Allí? Allí duerme mi señor don Alonso, que como se halla enfermo, mantiene encendida su lámpara hasta que amanece.

Un rayo cayendo de improviso a sus pies no le hubiera causado más asombro que el que le causaron estas palabras.

das Licht dort brennen, und er wandte seinen Blick nie davon ab.

Als der Tag heraufdämmerte, bewegten sich die schweren Türflügel des Herrschaftshauses, über dessen gemauertem Torbogen das Wappen des Besitzers in den Schlußstein gemeißelt war, und drehten sich mit einem langen und schrillen Ächzen in den Angeln. Ein Knappe erschien mit einem Schlüsselbund in der Öffnung, rieb sich die Augen und zeigte beim Gähnen ein Gebiß, das ein Krokodil hätte neidisch machen können.

Kaum erblickte ihn Manrique, stürzte er auch schon auf ihn zu:

«Wer wohnt in diesem Haus? Wie heißt sie? Woher stammt sie? Warum ist sie nach Soria gekommen? Ist sie verheiratet? Antworte, so antworte doch, du Hund!» So begrüßte er den armen Knappen und schüttelte ihn höchst unsanft am Arm;

dieser schaute ihn eine geraume Weile mit entsetzt aufgerissenen verständnislosen Augen an und fand in seinem Schrecken kaum Worte:

«In diesem Haus wohnt der hochedle Herr Don Alonso de Valdecuellos, der Oberjägermeister seiner Majestät, des Königs; im Krieg gegen die Mauren ist er verwundet worden, und nun erholt er sich in dieser Stadt von seinen Leiden.»

«Und seine Tochter?» unterbrach ihn ungeduldig der Jüngling, «und seine Tochter oder seine Schwester oder seine Gattin, oder was sie auch immer sei?»

«Es ist keine Frauensperson bei ihm.»

«Es ist keine Frau bei ihm!... Aber wer schläft denn in diesem Gemach, wo ich die ganze Nacht habe Licht brennen sehen?»

«Dort? Dort schläft mein Herr Don Alonso, und weil es ihm nicht gut geht, läßt er das Licht bis zum Morgengrauen brennen.»

Hätte unversehens der Blitz vor seinen Füßen eingeschlagen, so hätte es ihn nicht mehr erschreckt, als diese Worte es taten.

Yo la he de encontrar, la he de encontrar; y si la encuentro, estoy casi seguro de que he de conocerla... ¿En qué?... Eso es lo que no podré decir..., pero he de conocerla. El eco de su pisada o una sola palabra suya que vuelva a oír; un extremo de su traje, un solo extremo que vuelva a ver, me bastarán para conseguirlo. Noche y día estoy mirando flotar delante de mis ojos aquellos pliegues de una tela diáfana y blanquísima; noche y día me están sonando aquí dentro, dentro de la cabeza, el crujido de su traje, el confuso rumor de sus ininteligibles palabras... ¿Qué dijo?... ¿Qué dijo? ¡Ah! Si yo pudiera saber lo que dijo, acaso..., pero aun sin saberlo la encontraré..., la encontraré; me lo da el corazón, y mi corazón no me engaña nunca. Verdad es que ya he recorrido inútilmente todas las calles de Soria; que he pasado noches y noches al sereno hecho poste de una esquina; que he gastado más de veinte doblas de oro en hacer charlar a dueñas y escuderos; que he dado agua bendita en San Nicolás a una vieja, arrebujada con tal arte en su manto de anascote, que se me figuró una deidad; y al salir de la colegiata una noche de maitines, he seguido como un tonto la litera del arcediano, creyendo que el extremo de sus hopalandas era el del traje de mi desconocida; pero no importa..., yo la he de encontrar y la gloria de poseerla excederá seguramente al trabajo de buscarla.

¿Cómo serán sus ojos?... Deben ser azules, azules y húmedos como el cielo de la noche; ¡me gustan tanto los ojos de ese color! Son tan expresivos, tan melancólicos, tan...

Sí..., no hay duda; azules deben ser, azules son, seguramente, y sus cabellos negros, muy negros, y largos para que floten... Me parece que los vi flotar aquella noche, al par que su traje, y eran negros..., no me engaño, no; eran negros.

«Ich muß sie finden, ich muß sie finden; und wenn ich sie finde, so bin ich fast sicher, daß ich sie erkennen werde... Woran? Das nun kann ich nicht sagen... aber ich muß sie erkennen. Der Nachhall ihres Schrittes, ein einziges Wort von ihr, das wieder an mein Ohr dringt, ein Zipfel ihres Gewandes, ein winziger Zipfel nur, den ich nochmals erblicke, genügen mir, mich zu entsinnen. Tag und Nacht sehe ich vor meinen Augen das wallende lichtweiße Gewand; Tag und Nacht höre ich in mir, in meinem Kopf, das Rauschen des durchsichtig zarten Gewebes, das Klanggewirr ihrer unverständlichen Worte... Was hat sie gesagt?... Was mag sie wohl gesagt haben?... Ach! Wüßte ich doch, was sie gesagt hat, vielleicht..., aber auch wenn ich es nicht weiß, werde ich sie finden ... ich werde sie bestimmt finden; mein Herz offenbart es mir, und mein Herz täuscht mich nie. Gewiß, ich bin vergeblich durch alle Gassen von Soria gelaufen; ich habe nächtelang im Freien an irgendeiner Ecke Wache gestanden; ich habe mehr als zwanzig Golddoublonen ausgegeben, um Zofen und Knappen zum Ausplaudern zu bringen; ich habe in der San Nicolás-Kirche einer alten Frau Weihwasser gereicht, weil sie so kunstvoll in einen seidenschimmernden Umhang gehüllt war, daß sie mir wie eine Gottheit vorkam; und als ich einmal nach der Frühmesse aus der Kirche trat, ging ich wie verstört hinter der Sänfte des Erzdekans her, weil ich den Saum seines Talars für den ihres Gewandes hielt; aber das ist unwichtig ... ich muß sie finden, und die Seligkeit, sie zu besitzen, wird bestimmt größer sein als die Mühsal, sie zu suchen.»

«Wie mögen nur ihre Augen sein?... Ich meine, sie müssen blau sein, blau und feucht wie der Nachthimmel; wie sehr ich Augen mit dieser Farbe liebe! Sie sind so ausdrucksvoll, so schwermütig, so ... Ja, kein Zweifel, blau müssen sie sein, blau sind sie, ganz gewiß, und ihre Haare sind schwarz, pechschwarz und so lang, daß sie im Gehen flattern... Es ist mir, ich habe in jener Nacht ihre Haare flattern sehen, zusammen mit ihrem Gewand, und sie waren schwarz..., ich täusche mich nicht, nein; sie waren schwarz.»

¡Y qué bien sientan unos ojos azules, muy rasgados y adormidos, y una cabellera suelta, flotante y oscura, a una mujer alta..., porque... ella es alta, alta y esbelta, como esos ángeles de las portadas de nuestras basílicas, cuyos ovalados rostros envuelven en un misterioso crepúsculo las sombras de sus doseles de granito!

¡Su voz!...; su voz la he oído..., su voz es suave como el rumor del viento en las hojas de los álamos, y su andar acompasado y majestuoso como las cadencias de una música.

Y esa mujer, que es hermosa como el más hermoso de mis sueños de adolescente, que piensa como yo pienso, que gusta como yo gusto, que odia lo que yo odio, que es un espíritu hermano de mi espíritu, que es el complemento de mi ser, ¿no se ha de sentir conmovida al encontrarme? ¿No me ha de amar como yo la amaré, como la amo ya, con todas las fuerzas de mi vida, con todas las facultades de mi alma?

Vamos, vamos al sitio donde la vi la primera y única vez que la he visto... ¿Quién sabe si, caprichosa como yo, amiga de la soledad y el misterio, como todas las almas soñadoras, se complace en vagar por entre las ruinas, en el silencio de la noche?

Dos meses habían transcurrido desde que el escudero de don Alonso de Valdecuellos desengañó al iluso Manrique; dos meses, durante los cuales en cada hora había formado un castillo en el aire, que la realidad desvanecía con un soplo; dos meses durante los cuales había buscado en vano a aquella mujer desconocida, cuyo absurdo amor iba creciendo en su alma, merced a sus aún más absurdas imaginaciones, cuando después de atravesar absorto en estas ideas el puente que conduce a los Templarios, el enamorado joven se perdió entre las intrincadas sendas de sus jardines.

«Wie gut passen blaue, große, träumerische Augen und offenes, wallendes, dunkles Haar zu einer großgewachsenen Frau ... denn ... sie ist groß, groß und schlank wie die Engelsfiguren an den Portalen unserer Kathedralen, deren schmale lange Gesichter von den Schatten der aus Stein gemeißelten Nischen in ein geheimnisvolles Dämmerlicht gehüllt werden!»

«Ihre Stimme! ... ihre Stimme habe ich gehört ... ihre Stimme ist sanft wie das Säuseln des Windes im Pappellaub, und ihr Gang ist gemessen majestätisch wie festliche Musik.

Diese Frau ist schön wie der schönste meiner Jugendträume; sie denkt, wie ich denke; ihr gefällt, was mir gefällt; sie haßt, was ich hasse; ihr Geist ist meinem Geist verwandt; sie ergänzt und vervollkommnet mein Wesen; wie sollte sie also nicht gerührt sein, wenn sie mir begegnet? Muß sie mich nicht lieben, wie ich sie lieben werde, wie ich sie jetzt schon liebe, mit allen Kräften meines Lebens, mit allen Fasern meines Herzens?»

«Los, auf zu dem Ort, wo ich sie zum ersten und einzigen Mal gesehen habe... Wer weiß denn nicht, ob sie meine Launen teilt und als Freundin der Einsamkeit und des Unergründlichen wie alle träumerischen Seelen Gefallen daran findet, im Schweigen der Nacht durch Ruinen zu schweifen?»

Zwei Monate waren vergangen, seit der Knappe des edlen Don Alonso de Valdecuellos den schwärmerischen Manrique aus seiner Täuschung gerissen hatte; in diesen zwei Monaten hatte er Stunde um Stunde Luftschlösser gebaut, welche die Wirklichkeit jedesmal mit einem Hauch hinwegfegte; in diesen zwei Monaten hatte er vergeblich versucht, die unbekannte Frau zu finden, zu der sein Herz in immer unsinnigerer Liebe entbrannte, die durch noch unsinnigere Wahnvorstellungen geschürt wurde. Da geschah es, daß der verliebte Jüngling in solche Gedanken versunken über die Brücke schritt, die zum Kloster der Tempelherren führt, und sich in den verschlungenen Wegen seiner Gartenanlagen erging.

La noche estaba serena y hermosa, la luna brillaba en toda su plenitud en lo más alto del cielo y el viento suspiraba con un rumor dulcísimo entre las hojas de los árboles.

Manrique llegó al claustro, tendió la vista por su recinto y miró a través de las macizas columnas de sus arcadas... Estaba desierto.

Salió de él, encaminó sus pasos hacia la oscura alameda que conduce al Duero, y aún no había penetrado en ella cuando de sus labios se escapó un grito de júbilo.

Había visto flotar un instante y desaparecer el extremo del traje blanco, del traje blanco de la mujer de sus sueños, de la mujer que ya amaba como un loco.

Corre, corre en su busca, llega al sitio en que la ha visto desaparecer; pero al llegar se detiene, fija los espantados ojos en el suelo, permanece un rato inmóvil; un ligero temblor nervioso agita sus miembros, un temblor que va creciendo, que va creciendo y ofrece los síntomas de una verdadera convulsión, y prorrumpe al fin en una carcajada, en una carcajada sonora, estridente, horrible.

Aquella cosa blanca, ligera, flotante, había vuelto a brillar ante sus ojos; pero había brillado a sus pies un instante, no más que un instante.

Era un rayo de luna, un rayo de luna que penetraba a intervalos por entre la verde bóveda de los árboles cuando el viento movía sus ramas.

Habían pasado algunos años. Manrique, sentado en un sitial junto a la alta chimenea gótica de su castillo, inmóvil casi y con una mirada vaga e inquieta como la de un idiota, apenas prestaba atención ni a las caricias de su madre, ni a los consuelos de sus servidores.

— Tú eres joven, tú eres hermoso — le decía aquélla —; ¿por qué te consumes en la soledad? ¿Por qué

Die Nacht war klar und schön, der Mond leuchtete in vollkommener Rundung hoch oben am Himmel, und der Wind säuselte mit sanftestem Gerausche durch das Laub der Bäume.

Manrique kam zum Kreuzgang, spähte hinein und schaute zwischen den dicken Pfeilern durch die Bogenöffnungen hindurch... Alles war leer und verlassen.

Er verließ den Ort wieder und lenkte seine Schritte zur dunklen Pappelallee, die zum Duero hinunterführt; noch hatte er sie nicht betreten, als seinen Lippen ein Jubelschrei entfuhr.

Einen flüchtigen Augenblick nur hatte er den Zipfel des weißen Gewandes flattern und wieder verschwinden sehen ... das weiße Gewand der Frau seiner Träume, zu der er in rasender Liebe entbrannt war.

Er eilt ihr nach, läuft und gelangt zu dem Ort, wo er sie hat verschwinden sehen; kaum ist er dort, hält er inne, heftet die entsetzten Augen auf den Boden und bleibt eine Weile wie versteinert stehen;

ein leises Beben fährt durch seine Glieder, er zittert immer heftiger, erschauert in einem wahren Schüttelfrost und bricht auf einmal in ein lautes, gellendes, furchtbares Gelächter aus.

Das weiße, duftige, schwebende Etwas war vor seinen Augen wieder aufgeleuchtet; aber einen kurzen Augenblick nur hatte es zu seinen Füßen geglänzt.

Es war ein Mondstrahl – ein Mondstrahl, der hin und wieder durch das grüne Gewölbe der Bäume drang, wenn der Wind die Zweige bewegte.

Einige Jahre waren dahingegangen. Manrique saß fast unbeweglich auf einem Thronsessel vor dem gotischen Kamin seiner Burg, sein leerer stumpfer Blick schweifte ruhelos umher wie der eines Blödsinnigen, und er achtete kaum auf die Liebkosungen seiner Mutter und die Zureden seiner Diener.

«Du bist jung, du bist schön», sagte seine Mutter zu ihm, «warum verzehrst du dich in der Einsamkeit? Warum suchst

no buscas una mujer a quien ames y que, amándote, pueda hacerte feliz?

—¡El amor!... El amor es un rayo de luna —murmuraba el joven.

—¿Por qué no os despertáis de ese letargo? —le decía uno de sus escuderos—. Os vestís de hierro de pies a cabeza, mandáis desplegar al aire vuestro pendón de ricohombre, y marchamos a la guerra: en la guerra se encuentra la gloria.

—¡La gloria!... La gloria es un rayo de luna.

—¿Queréis que os diga una cántiga, la última que ha compuesto mosén Arnaldo, el trovador provenzal?

—¡No! ¡No! —exclamó el joven, incorporándose colérico en su sitial—. ¡No quiero nada!... Es decir, sí, quiero..., quiero que me dejéis solo... Cántigas..., mujeres..., glorias..., felicidad..., mentiras todo, fantasmas vanos que formamos en nuestra imaginación y vestimos a nuestro antojo, y los amamos y corremos tras ellos, ¿para qué?, ¿para qué?, para encontrar un rayo de luna.

Manrique estaba loco; por lo menos, todo el mundo lo creía así. A mí, por el contrario, se me figura que lo que había hecho era recuperar el juicio.

du dir keine Frau, die du lieben kannst und die dich mit ihrer Liebe glücklich machen kann?»

«Die Liebe!... Die Liebe ist doch nur ein Mondstrahl», murmelte der Jüngling.

«Warum erwacht Ihr nicht aus dieser Stumpfheit?» fragte ihn einer seiner Knappen. «Kleidet Euch in Eisen von Kopf bis Fuß; gebt Befehl, die Standarten Eures edlen Geschlechts zu entrollen, und wir ziehen in den Krieg: im Krieg erwirbt man Ruhm.»

«Ruhm!... Der Ruhm ist doch nur ein Mondstrahl.»

«Möchtet Ihr, daß ich Euch ein Lied singe, das letzte, das der provenzalische Minnesänger Arnaldo gedichtet hat?»

«Nein! Nein!» wehrte der Jüngling ab und richtete sich wütend in seinem Thron auf: «Ich will nichts!... Das heißt, ich will ... ich will, daß ihr mich allein laßt... Lieder ... Frauen ... Ruhm und Ehre ... Glück ... alles Lug und Trug, lauter leeres Blendwerk, das wir in unserer Einbildung erschaffen und nach Lust und Laune kleiden; wir lieben es, laufen ihm nach ... wozu? Ja, wozu denn eigentlich? Nur um schließlich einen Mondstrahl zu finden.»

Manrique war wahnsinnig; jedenfalls glaubte alle Welt, er sei es. Mir aber will scheinen, daß er ganz im Gegenteil den Verstand wieder gewonnen hatte.

Fernán Caballero
La viuda del cesante

Las murallas de Cádiz son un hermoso paseo, ancho, llano, sin el menor obstáculo ni tropiezo, en el que puede pasear descuidado un ciego, un distraído, o el que, absorto en contemplar la vista que ofrece, anda, como aquéllos, sin brújula. Bajando por ella desde los cuarteles, se mira a la izquierda una fila de casas altas, alineadas, fuertes y uniformes como un regimiento prusiano, y a la derecha la bahía, poblada de barcos anclados, inmóviles y mustios como presos.

¡Qué imagen de la fuerza bruta es el navío! Privado de su piloto, todo lo atropella, destroza y hunde, hasta que él mismo se pierde en desconocidas playas.

La costa opuesta aparece confusa como un recuerdo medio borrado, y al frente se extiende el mar, que la cortedad de nuestra vista hace a cierta distancia unirse al cielo, no obstante de estar allí tan distantes como lo están aquí, y esto lo creemos por fe, como debemos creer otras muchas cosas que nuestra vista no alcanza ni nuestra concepción comprende, porque la comprensión del hombre, así como su vista, son limitadas.

Paseaban por esta muralla, hace de esto algunos años, dos señores. El uno era alto, de buena presencia; el otro era más pequeño, algo agobiado y de semblante doliente y decaído.

– Paisano, – dijo en tono jovial el más alto al que lo acompañaba, – usted se hace del porvenir un monte, y yo lo veo muy llano.

– Llano, sí, – contestó el interpelado; – llano, como lo es el camino que desde Puerta de Tierra conduce al camposanto. Usted, que tiene su porvenir asegurado, puede vivir tranquilo; pero un

Fernán Caballero
Die Witwe des entlassenen Beamten

Die Stadtmauern von Cádiz sind ein wunderschöner Spazierweg: sie sind breit und eben, weisen keinerlei Hindernisse oder Stolpersteine auf, und sogar ein Blinder oder ein Zerstreuter könnten sorglos dort gehen, auch jemand, der wie die beiden Männer in Gedanken versunken den Ausblick in die weite Ferne genießt und ohne bestimmtes Ziel dahinschlendert. Wenn man von der Kaserne herunterkommt, sieht man auf der linken Seite eine Reihe hoher Häuser mit starken Mauern, die alle gleich aussehen und streng ausgerichtet wie ein preußisches Regiment dastehen; auf der rechten Seite weitet sich die Bucht, wo die Schiffe reglos und mißmutig wie Häftlinge vor Anker liegen. Was für ein Bild roher Kraft ist doch das Schiff! Treibt es ohne Steuermann, fährt es überall auf, richtet Schaden an und bohrt alles in Grund, bis es selbst an fernen Gestaden versinkt.

Das andere Ufer wirkt verschwommen wie eine blasse Erinnerung, und geradeaus blickt man auf das weite Meer hinaus, das in der Ferne wegen unserer Kurzsichtigkeit mit dem Himmel zu verschmelzen scheint, obwohl sie dort genau gleich weit auseinander sind wie hier; davon sind wir überzeugt, wir glauben es, wie wir vieles glauben müssen, was unser Auge nicht erreicht und unser Verstand nicht begreift, denn des Menschen Geist und Sehkraft sind begrenzt.

Über diese Mauer spazierten also vor einigen Jahren zwei Herren. Der eine war groß und stattlich; der andere war kleiner, wirkte recht bedrückt, und sein Gesicht war sorgenvoll und mutlos.

«Freund», sagte der größere zu seinem Begleiter in leutseligem Ton: «Sie stehen vor Ihrer Zukunft wie vor einem Berg, und ich sehe sie ganz eben.»

«Eben, jawohl», antwortete der Angesprochene, «wie der Weg, der von der ‹Puerta de Tierra› zum Friedhof führt. Ihre Zukunft ist gesichert, und Sie können ruhig leben; aber ein Beamter wie ich, dem die Entlassung immer wie ein Damo-

empleado como yo, que tiene siempre la cesantía como la espada de Damocles, amenazando su cabeza, no puede hallar sosiego ni gusto para nada. A pesar del juicio, modestia y economía de mi mujer y de nuestra vida retirada, apenas tenemos ahorros, pues habiéndoseme en poco tiempo destinado desde Málaga a la Coruña, desde la Coruña a Pamplona y desde Pamplona a aquí, los crecidos costes de los viajes los han absorbido todos.

– Y ¿por qué, con mil diablos, fue usted empleado, paisano?

– Mi padre lo era, y antiguamente los hijos seguían las carreras de sus padres, sin aspirar a más que a distinguirse y subir en ellas, y los servicios de aquéllos les servían de derecho y recomendación; pero desde que todos en España quieren empleos, y cada ministro y cada diputado tiene un ciento de ahijados que colocar, para que éstos tengan cabida se tienen que dejar cesantes infinitos empleados, por más que toda su vida hayan servido fiel e inteligentemente sus destinos... Yo no tengo protector ni me he afiliado a ningún bando político, y así estoy seguro de quedar cesante muy en breve.

– Paisano, no anticipe usted males.

– Señor don Andrés, más vale estar prevenido que recibir inopinadamente la noticia de su ruina. Si mi padre, que en descanso está, hubiese podido prever el porvenir, me hubiese enviado con usted a Lima cuando se fue; allí ha hecho usted fortuna y ha logrado la suma felicidad, que es vivir independiente.

Habían llegado a una de las escaleras por las que se desciende de la muralla... Después que la hubieron bajado, dijo don Andrés a su acompañante:

– Véngase usted a la nevería a tomar un helado.

– Gracias, – contestó el invitado. – Me voy, como tengo de costumbre, a mi casa, en la que rezamos el rosario; nos hace mi hijo una lectura amena mien-

klesschwert über dem Kopf hängt, findet keine Ruhe und hat an nichts mehr Freude. Obwohl meine Frau besonnen und haushälterisch ist und wir bescheiden und zurückgezogen leben, haben wir kaum Ersparnisse, denn ich bin innerhalb kurzer Zeit von Málaga nach La Coruña, von La Coruña nach Pamplona und von Pamplona hierher nach Cádiz versetzt worden, und die hohen Umzugskosten haben alles aufgefressen.»

«Aber zum Teufel, warum sind Sie denn Beamter geworden, mein Freund?»

«Mein Vater war schon Beamter, und früher schlugen die Söhne dieselbe Laufbahn ein wie ihre Väter und waren einzig darauf bedacht, sich auszuzeichnen und aufzusteigen; dabei kamen ihnen deren Verdienste zustatten und dienten ihnen als Vorrechte und Empfehlungen. Aber seit in Spanien alle Beamte werden wollen und jeder Minister und jeder Abgeordnete hundert Schützlinge unterzubringen hat, bleibt, um ihnen Stellen zu verschaffen, nichts anderes übrig, als eine Unzahl von Beamten zu entlassen, auch wenn diese zuverlässig und fachkundig ihren Dienst versehen haben... Ich habe keinen Beschützer und bin keiner politischen Partei beigetreten, deshalb werde ich sicher in Bälde entlassen.»

«Freund, beschwören Sie das Unheil nicht herauf.»

«Don Andrés, es ist besser, gewappnet zu sein, als unverhofft die Nachricht des eigenen Ruins zu bekommen. Hätte mein Vater, der in Frieden ruht, die Zukunft voraussehen können, hätte er mich mit Ihnen nach Lima geschickt, als Sie damals abreisten; dort sind Sie zu Vermögen gekommen und haben das höchste Glück erreicht, nämlich ein unabhängiges Leben führen zu können.»

Sie waren zu einer der Treppen gekommen, die von der Stadtmauer hinunterführen... Als sie unten waren, sagte Don Andrés zu seinem Begleiter: «Kommen Sie doch noch mit in die Eisdiele.»

«Danke», antwortete der Eingeladene, «ich gehe nach Hause, wie gewohnt, denn wir beten um diese Zeit immer den Rosenkranz zusammen; dann liest uns unser Sohn etwas Erbauliches vor, während meine Frau näht, oder wir machen

tras cose mi mùjer, o jugamos una partida de tresillo; a las diez tomamos chocolate y nos acostamos; esto es poco elegante, pero no nos cuidamos por la elegancia. No diga usted tampoco que rezamos el rosario; nos llamarían ‹neos›, lo que sería suficiente motivo para dejarme cesante.

Pocos meses después los temores del pobre empleado se habían realizado. Cesante y forzosamente desocupado, un hombre laborioso como él lo era, sin medios ni esperanza de mejorar su suerte, cayó en un profundo abatimiento, que agravó el mal de hígado que lo había lentamente acometido, y que de crónico pasó a agudo, y en breve plazo le ocasionó la muerte.

Desgarrador fue el pesar de su amante mujer y de su excelente hijo, joven de veinte años, que se había criado al lado de su padre para seguir su carrera, la que de todo punto se le cerraba, no teniendo cabida este joven capaz, excelente y modesto, entre la infinidad de pretendientes que no tenían ninguna de sus cualidades; pero que en su lugar contaban con osadía y un protector político cualesquiera.

Tres días después del entierro estaba la infeliz viuda recostada en un canapé, caída la cabeza sobre el pecho de su hijo, que la tenía abrazada, y sin atender a las benévolas palabras de consuelo que don Andrés le repetía, a pesar de estar convencido de su insuficiencia. De repente levantó la pobre viuda su cabeza, y con los ojos secos y desatentados, exclamó, cruzando sus manos:

— ¿Qué va a ser de mí y de mi hijo?

— A grandes males grandes remedios, — repuso don Andrés. — Su marido de usted me decía que ojalá que su padre le hubiese enviado a Lima cuando yo fui; que vaya, pues, su hijo; yo le daré cartas de recomendación, en particular para la viuda del compañero que allí tuve; yo le costearé el viaje . . .

miteinander ein Kartenspiel; um zehn Uhr trinken wir unsere Schokolade und gehen zu Bett; das ist zwar nicht besonders vornehm, aber wir kümmern uns nicht um dergleichen. Erzählen Sie auch niemandem, daß wir den Rosenkranz beten, sonst bezeichnen sie uns als ‹Neos›, und das wäre Grund genug, mir die Stelle zu kündigen.»

Wenige Monate später bewahrheiteten sich die Befürchtungen des armen Beamten. Entlassen und gezwungenermaßen arbeitslos, ohne Mittel und ohne Hoffnung, sein Schicksal verbessern zu können, fiel der fleißige Mann – und ein solcher war er – in tiefe Niedergeschlagenheit, welche sein schleichendes Leberleiden verschlimmerte; aus der chronischen Krankheit wurde eine akute, welche ihn binnen kurzem dahinraffte.

Herzzerreißend war die Trauer seiner liebenden Gattin und seines Sohnes, eines prächtigen Jünglings von zwanzig Jahren, der an der Seite des Vaters aufgewachsen war, um ihm nachzufolgen; doch dieser Weg blieb ihm nun ganz und gar verschlossen, denn für den fähigen, tüchtigen und bescheidenen jungen Mann war kein Platz inmitten der zahllosen Anwärter, die zwar keinen seiner Vorzüge aufwiesen, dafür aber auf ihre Unverfrorenheit und auf den Beistand irgendeines Politikers zählen durften.

Drei Tage nach der Beerdigung saß die unglückliche Witwe zusammengesunken auf dem Kanapee, ihr Kopf lag kraftlos auf der Brust ihres Sohnes, der sie umschlungen hielt; sie hörte nicht auf die wohlmeinenden Trostworte, die Don Andrés ihr noch und noch wiederholte, obwohl ihm ihre Wirkungslosigkeit bewußt war. Auf einmal hob die arme Witwe ihren Kopf, faltete die Hände und sagte mit abwesendem Blick aus trockenen Augen:

«Was wird nun aus mir und aus meinem Sohn?»

«Großes Unglück bringt große Hilfe», entgegnete Don Andrés: «Ihr Gatte sagte mir einmal, wie gut es für ihn gewesen wäre, wenn sein Vater ihn nach Lima geschickt hätte, als ich damals abreiste; so soll nun also Ihr Sohn fahren; ich werde ihm Empfehlungsschreiben mitgeben, im besonderen für die Witwe eines Geschäftspartners, den ich

y me devolverá este desembolso cuando pueda hacerlo cómodamente, – añadió don Andrés al notar que la viuda apurada iba a rechazar. – Señora, – prosiguió, – este sacrificio es necesario, y la única tabla de salvación que les queda a ustedes en la cruel situación en que, tanto el uno como el otro, se hallan.

El corazón de la tierna madre se partió; pero no era posible rehusar, cuando su mismo hijo se hallaba dispuesto a seguir aquel amistoso consejo, y cual si no fuesen bastantes las lágrimas de la viuda, vinieron a aumentarlas las lágrimas de la madre, al ver la nave que encerraba al solo objeto que amaba en este mundo, aquel hijo amante del que nunca se había separado, poner erguida la proa a la ancha mar, no dejando tras de sí sino una estela que borraban tan luego las aguas móviles del mar, como el tiempo borra el recuerdo.

Pasaron días, semanas, meses; pasó un año sin disminuir en la pobre solitaria el dolor de la ausencia, y haciendo brotar y crecer en su corazón la más angustiosa zozobra al ver que ninguna noticia de la llegada de su hijo a su destino recibía; y como si esto no bastase a colmar su infortunio, presentóse el cólera, y una de las primeras víctimas que escogió fue don Andrés, su único amigo, aquel por cuyo conducto esperaba recibir al fin noticias de su hijo.

La viuda había vendido cuanto tenía para mantenerse; pero, siendo esto caro en Cádiz, vio con asombro que dentro de poco nada le quedaría.

Entonces hizo un paquete de lo estrictamente necesario, vendió lo restante por lo que la dieron, y se fue al muelle, en el que buscó un falucho de los que de los pueblecitos de la costa llevan frutos y legumbres a Cádiz, y se embarcó en él. Durante la travesía se informó de un marinero joven de si hallaría en el pueblo alguna casa en la que le quisiesen

dort hatte; ich werde ihm das Reisegeld vorstrecken ... er wird mir diese Auslagen zurückerstatten, wenn er es ohne Mühe tun kann», fügte Don Andrés hinzu, als er sah, daß die untröstliche Witwe ablehnen wollte. «Señora», fuhr er fort, «dieses Opfer ist nötig und ist zugleich die einzige Rettungsplanke, die Ihnen in der grausamen Lage noch bleibt, in der Sie und Ihr Sohn sich befinden.»

Das Herz wollte der liebenden Mutter zerspringen, aber sie durfte sich nicht weigern, wenn ihr eigener Sohn sich bereit erklärte, dem Freundesrat zu folgen; als ob die Witwentränen nicht genügten, flossen die Muttertränen dazu, als das Schiff mit dem einzigen, was sie auf dieser Welt liebte, mit ihrem Sohn, von dem sie sich noch nie getrennt hatte, mit hohem Bug dem offenen Meer zusteuerte und nur eine Kielspur hinter sich herzog, welche das bewegte Wasser bald wieder verwischte, so wie die Zeit eine Erinnerung austilgt.

Tage vergingen, Wochen, Monate; ein Jahr war verstrichen, ohne daß der Abschiedsschmerz der einsamen Frau sich im geringsten gemildert hätte; dafür keimte in ihrem Herzen beklemmende Angst und wurde immer größer, weil sie noch keinerlei Nachricht von der Ankunft und vom Schicksal ihres Sohnes erhalten hatte. Als ob das noch nicht genügt hätte, ihr Unglück vollzumachen, brach auch noch die Cholera aus und wählte als eines ihrer ersten Opfer ausgerechnet Don Andrés, ihren einzigen Vertrauten, durch dessen Vermittlung sie letztlich Kunde von ihrem Sohn erhoffen konnte.

Die Witwe hatte schon fast alle ihre Habe verkauft, um ihren Lebensunterhalt zu bestreiten; aber da dieser in Cádiz teuer war, bemerkte sie zu ihrem Schrecken, daß ihr bald überhaupt nichts mehr verbliebe.

Da schnürte sie ein Bündel mit dem unbedingt Nötigen, verkaufte den Rest, so gut sie konnte, ging zur Hafenmole hinunter, suchte sich unter den Booten, die von den Küstendörfern Obst und Gemüse nach Cádiz brachten, eines aus und stieg ein. Auf der Fahrt erkundigte sie sich bei einem jungen Schiffer, ob sie im Dorf wohl ein Haus fände, wo sie

arrendar una habitación. El marinero contestó que su madre tenía una bastante capaz, por haber sido su padre albañil y haberle agregado por la parte del corral habitaciones, para que cuando sus hijos se casasen tuviese cada cual casa en que vivir, y que, estando una desocupada, no tendría su madre inconveniente en arrendársela. Y así sucedió; por ocho reales al mes tomó posesión de una salita y alcoba, y por dos reales más puso la dueña en ella cuatro sillas toscas, una mesita de pino sin pintar y una cama de bancos y tablas apolilladas. La viuda, del poco dinero que traía, separó seis duros, pensando: «Esto compone un año de alquiler; de aquí allá sabré de mi hijo o me habré muerto.» Pero ¡ay! ni una cosa ni otra sucedió ... pasó el año, y no pudiendo ya pagar, dio la dueña por pretexto que uno de sus hijos mozos se iba a casar, para obligar a la inquilina á mudarse.

Las almas nobles y delicadas se acostumbran luego a todas las privaciones, incomodidades y humillaciones de la pobreza, pero jamás a los cálculos, tretas e importunidades que engendran en las almas que no lo son, por lo que la pobre viuda, que había caído en una completa apatía en todo lo que no era el temor y la esperanza que alternaban en su corazón, no sabía qué hacer, hasta que una buena mujer, que vivía en la casa inmediata, la que no tenía más que una salita, le ofreció una covacha que había servido para guardar leña y los aparejos de la burra cuando vivía su marido. La aceptó, como el perdido en un desierto, sin encontrar senda, al fin, cansado, se deja caer en el suelo.

De allí no salía sino para ir a la iglesia, que, aunque perteneciendo a una aldea tan pequeña, era hermosa como casi todas las de España. Allí, postrada ante el altar de una bellísima Virgen de La Esperanza, era donde únicamente podía respirar, llorar y hallar algún sosiego. Muchas veces se ha

ein Zimmer mieten könne. Der Schiffer antwortete ihr, seine Mutter habe ein recht passendes, denn sein Vater sei Maurer gewesen und habe auf der Hofseite Zimmer angebaut, damit seine Söhne bei ihrer Verheiratung ein Dach über dem Kopf hätten, und da eines leer sei, habe seine Mutter sicher nichts dagegen, es ihr zu vermieten. So geschah es denn auch: für acht Reales im Monat mietete sie sich in dem kleinen Wohnraum mit dem angrenzenden Schlafzimmer ein, und für weitere zwei Reales stellte ihr die Besitzerin vier klobige Stühle, einen rohen Holztisch und ein wurmstichiges Bettgestell hinein. Die Witwe legte von dem wenigen Geld, das sie noch hatte, sechs Duros beiseite und dachte: «Das ist die Miete für ein Jahr; bis dahin weiß ich etwas von meinem Sohn, oder ich bin schon gestorben.» Aber ach! weder das eine noch das andere trat ein ... ein Jahr verging, und da sie nicht mehr zahlen konnte, gab die Besitzerin vor, einer ihrer Söhne wolle heiraten, um die Mieterin zum Ausziehen zu zwingen.

Edle und zarte Seelen gewöhnen sich schnell an die Armut mit ihren Entbehrungen, Nachteilen und Demütigungen, nie aber werden sie berechnend oder aufsässig, noch erfinden sie irgendwelche Schliche wie andere Leute, die nicht so sind. Die arme Witwe war deshalb in völlige Teilnahmslosigkeit versunken, zu keinen Gefühlen mehr fähig außer der Angst und der Hoffnung, die in ihrem Herzen abwechselten, und saß ratlos da, bis eine gute Nachbarin, die in einem Häuschen mit nur einem Zimmer wohnte, ihr einen Schuppen anbot, wo zu Lebzeiten ihres Mannes das Brennholz und das Maultiergeschirr aufbewahrt wurden. Sie nahm an – wie ein Wanderer, der durch die Wüste irrt und keinen Weg mehr findet, sich schließlich auf den Boden fallen läßt.

Diesen Unterschlupf verließ sie nur, um zur Kirche zu gehen, die schön war wie die meisten Kirchen Spaniens, obwohl sie in diesem winzigen Dorf stand. Dort lag sie vor dem Marienaltar mit dem wunderschönen Bild der Jungfrau von der unverzagten Hoffnung, und nur hier konnte sie atmen und weinen und einige Linderung finden. Oftmals ist schon gesagt worden, und noch öfter muß wiederholt werden, daß

dicho, pero más veces aún se debe repetir, que la desgracia nos lleva irremisiblemente a buscar consuelo en la Religión, que es la única que nos enseña a sufrir con resignación y con fruto. El Señor no ha dicho: «Toma una corona de flores y sígueme», sino que ha dicho: «Toma tu cruz y sígueme».

Al pie de aquel altar imploraba, pues, esta infeliz la intervención de la Santa Madre de Dios para con su Hijo por la vuelta del suyo, y la Virgen, que tenía en la mano el áncora, símbolo de la hermosa virtud que le habían dado por advocación, parecía enseñársela y decirle: ‹Si te faltan las terrestres, nunca te faltarán las divinas.›

Volvióse luego a su covacha. La buena vecina Josefa, el día que tenía que comer, le daba alguna pequeña parte; pero el día que no lo tenía e iba a comer en casa de una hija casada, que era tan pobre como ella, la triste viuda no probaba bocado; y días y días se sucedían, y ninguno le traía noticias de su hijo; pero ella no perdía las esperanzas, a lo que la vecina le decía:

— Por demás está visto que su hijo ha muerto.

Pero ¿quién sería tan bárbaro para arrancarle sus esperanzas?; ellas la ayudan a vivir; el día que las pierda se muere.

Pero la pobre viuda se iba debilitando por días; andaba doblada, y estaba tan delgada, que sus huesos todos parecían quererse desprender de su cuerpo, y, no obstante, se arrastraba al pie del altar.

Un día que el cura, saliendo de la sacristía, atravesaba la iglesia, desierta a la sazón, vio un bulto al pie del altar de la Señora; acercóse, y vio que lo formaba una mujer desmayada.

Llamó el cura a un monaguillo; éste avisó a algunos vecinos, que llevaron a la inerte señora a su casa, acompañándoles el cura, que quedó asombrado al ver la desnuda y triste covacha que la dueña de la casa indicó como su albergue.

das Unglück uns unausweichlich dazu bringt, in der Religion Trost zu suchen, denn nur sie lehrt uns, das Leiden in Ergebenheit und zu unserm Nutzen und Frommen zu tragen. Der Herr hat nicht gesagt: «Nimm einen Blumenkranz und folge mir», sondern: «Nimm dein Kreuz auf dich und folge mir.»

Am Fuße dieses Altars flehte die Unglückliche um die Fürsprache der Heiligen Muttergottes bei ihrem Sohn, damit der ihre wieder zurückkomme, und die Heilige Jungfrau schien auf den Anker in ihrer Hand hinzuweisen – das Symbol für die schöne Tugend, bei deren Namen sie angerufen wird – und zu ihr zu sagen: «Wenn dir die irdische Hoffnung fehlt, die göttliche wirst du nie entbehren müssen.»

Dann ging sie in ihren Schuppen zurück. Wenn die gute Nachbarin Josefa etwas zu essen hatte, gab sie ihr ein wenig davon, aber wenn sie nichts hatte und zu ihrer verheirateten Tochter zum Essen ging, die ebenso arm war wie sie, nahm die arme Witwe keinen Bissen zu sich. So verging Tag um Tag, und keiner brachte ihr Nachricht von ihrem Sohn, aber sie gab die Hoffnung nicht auf, wozu die Nachbarin meinte:

«Es ist doch zur Genüge erwiesen, daß Ihr Sohn tot ist.»

Aber wer wäre denn so grausam, ihr die Hoffnung zu entreißen! Sie erhält sie am Leben, und wenn sie sie verliert, stirbt sie.

Die arme Witwe wurde jedoch mit jedem Tag schwächer; sie ging ganz gebückt und war so abgemagert, daß es den Anschein hatte, die Knochen wollten sich aus dem Leib herausschälen, und trotzdem schleppte sie sich zu den Stufen des Altars.

Eines Tages ging der Pfarrer von der Sakristei durch die um diese Zeit leere Kirche, als er vor dem Muttergottesaltar ein Bündel erblickte; er ging näher und bemerkte, daß da eine bewußtlose Frau lag.

Der Pfarrer rief einen Meßdiener, und dieser benachrichtigte die Nachbarn, welche die Frau nach Hause trugen. Der Pfarrer begleitete sie und erschrak sehr, als er den elenden kahlen Schuppen sah, den ihm die Besitzerin als ihre Behausung angab.

— Josefa, — le dijo el cura; — yo no sabía que esta señora estuviese tan necesitada. ¿Cuánto te paga por esta covacha?

— Nada, señor; ¡pues si no tiene para pan y este desmayo le proviene de necesidad! Hace dos días que no come, porque, no teniéndolo para mí, no he podido darle un bocado.

El cura se volvió hacia el monaguillo y le mandó ir a su casa, y que dijese a su sobrina que acudiese al punto, trayendo un plato de la comida que tuviera preparada para ellos y un bollo de pan.

Al cabo de un rato, la pobre viuda abrió los ojos, y al ver al cura exclamó:

— ¡Ay, señor cura! ¡Yo pensé que ya el Señor se había apiadado de mí, y ponía fin a mis sufrimientos! Pero no es así; ¡cúmplase su santísima voluntad!

— Pero, señora — contestó el cura, — ¿por qué no ha hablado usted? Poco tengo, pero es bastante para impedir que ninguno de mis feligreses se muera de hambre.

Entró en esto apresuradamente una hermosa joven de catorce a quince años, que traía en un plato arroz con tomate, que, sin que se lo dijese su tío, presentó a la pobre viuda; ésta volvió la cabeza al otro lado.

— A comer, señora, a comer — dijo el cura; — ¡ojalá fuera otra cosa! Pero lo que importa es que usted coma; lo contrario sería ofender a Dios y afligirme a mí.

Rosalía, que así se llamaba la sobrina del cura, unió con calor sus instancias a las de su tío, y la pobre viuda cedió. A medida que aquel sencillo pero sano y caliente alimento caía en su desfallecido estómago, se iba la desmayada reanimando, y pudo referir al cura su triste historia.

Desde aquel día, este excelente hombre se constituyó con sus escasos medios en ser el amparo de

«Josefa», sagte der Pfarrer, «ich habe nicht gewußt, daß diese Frau so bedürftig ist. Was zahlt sie dir für diesen Schuppen?»

«Nichts, Herr Pfarrer; sie kann sich ja nicht einmal ein Brot leisten, und ihre Bewußtlosigkeit kommt vom Hunger! Zwei Tage hat sie schon nichts gegessen, denn da ich selbst nichts habe, konnte ich ihr nicht einen Bissen geben.»

Der Pfarrer wandte sich wieder an den Meßdiener und schickte ihn mit dem Auftrag ins Pfarrhaus, seine Nichte solle sofort mit einem Teller voll von dem Essen kommen, das sie für sie beide gerichtet habe, und dazu ein Laibchen Brot mitbringen.

Nach einer Weile öffnete die arme Witwe die Augen, und als sie den Pfarrer sah, sagte sie:

«Ach, Herr Pfarrer, ich dachte schon, der Herr habe sich meiner erbarmt und meinen Leiden ein Ende gesetzt! Aber es sollte nicht sein; sein Wille geschehe!»

«Aber warum haben Sie denn nicht geredet, gute Frau?» antwortete der Pfarrer: «Ich habe zwar auch nicht viel, aber immerhin genug, daß keines von meinen Pfarrkindern verhungern muß.»

Unterdessen war ein etwa vierzehn- oder fünfzehnjähriges schönes Mädchen hereingeeilt. Auf einem Teller brachte sie Tomatenreis und hielt ihn der armen Frau hin, ohne daß der Pfarrer etwas dazu sagte, doch diese wandte den Kopf weg.

«Essen Sie, gute Frau, essen Sie», sagte der Pfarrer. «Ich wünschte, ich hätte etwas Besseres, aber wichtig ist, daß Sie essen, alles andere wäre gotteslästerlich und eine Beleidigung für mich.»

Rosalia, so hieß die Nichte, stimmte warmherzig in die Bitten des Pfarrers ein, bis die arme Witwe nachgab. Wie nun die einfache, aber gesunde Speise den schlaffen Magen der kraftlosen Frau allmählich wärmte, wurde sie zusehends munterer und konnte dem Pfarrer ihre traurige Geschichte erzählen.

Seit diesem Tag wirkte dieser edle Mensch als Beschützer der schutzlosen Frau. Rosalia beteiligte sich ihrerseits mit

aquella desamparada. Rosalía, por su parte, se dedicó con aquel tierno y santo amor que inspira la lástima, y que aumentó de día en día el trato dulce y tierno de la viuda, a asistirla, aliviarla y acompañarla cuando caía enferma. Cada día le traía un plato de la comida que ponía en su casa, ya patatas guisadas, ya garbanzos, y de vez en cuando pescado, cuando algún marinero agradecido a los favores del cura se lo regalaba. El cura reanimaba su abatido espíritu, dándola esperanzas, que él no abrigaba, de que su hijo no hubiese muerto, y que cuando menos lo pensase recibiría carta.

Así pasaron años, sin que se disminuyesen ni se enfriasen, ni en el tío ni en la sobrina, los cuidados, el interés y la caridad hacia aquella infeliz. ¡Qué de virtudes y qué de buenas obras calladas, sin pretensión ni aparato, existen que el mundo ignora!... Pero Dios no las ignora.

Toda la noche había estado el cura ayudando a bien morir a un hombre que había tenido una larga y penosa agonía; había ido a la iglesia, en la que había dicho misa, que aplicó por el alma del finado, y entró en su casa rendido de cansancio y de necesidad.

Cuando estuvo en su cuarto, se quitó su viejo manteo y su sombrero de canoa, que colgó en una percha; se dejó caer en su tosco sillón de brazos, e iba a dormirse cuando entró Rosalía, trayendo en una mano un plato de sopas y en la otra un pequeño vaso de vino.

– ¿Qué es esto? – exclamó el cura poco acostumbrado a semejante regalo. – ¿De dónde has sacado estas gollerías?

– Hoy son los días del señor López – contestó Rosalía, – que ha matado una ternera y ha mandado a usted dos libras y media de tocino, con un jarrito del vino de su viña; puse al instante el puchero para poderle dar un plato de sopas cuando entrase y an-

der reinen zarten Liebe, die das Mitleid einflößt, und kümmerte sich von Tag zu Tag fürsorglicher um sie, stand ihr bei, tröstete und betreute sie, wenn sie krank wurde. Täglich brachte sie einen Teller voll von dem Essen, das sie für sie beide daheim kochte, einmal gedämpfte Kartoffeln, ein andermal Erbsen, hie und da einen Fisch, wenn der Pfarrer zum Dank für empfangene Dienste von einem Fischer welche geschenkt bekam.

Der Pfarrer munterte ihr verdüstertes Gemüt auf, indem er ihr Hoffnung gab – obwohl er selbst keine hegte – ihr Sohn sei nicht gestorben und sicher bekomme sie einmal doch noch einen Brief von ihm.

So vergingen die Jahre, ohne daß die herzliche Fürsorge und Hilfsbereitschaft des Pfarrers und seiner Nichte gegenüber der unglücklichen Frau auch nur im geringsten nachgelassen oder sich abgekühlt hätten. Wieviel Tugend, wieviele stille Liebeswerke ohne Aufhebens und ohne eigennützige Absichten gibt es doch auf der Welt, von denen niemand weiß! Aber Gott kennt sie!

Die ganze Nacht über hatte der Pfarrer einem Mann in seinem langen und harten Todeskampf beigestanden; er war dann in die Kirche gegangen, um für die Seele des Verstorbenen eine Messe zu lesen, und kam nun erschöpft und hungrig nach Hause.

In seinem Zimmer zog er die alte Pelerine aus, nahm den breitkrempigen Hut ab und hängte beides auf; er ließ sich in seinen klobigen Armsessel fallen und war gerade am Einschlafen, als seine Nichte mit einem Teller Fleischbrühe in der einen und einem Gläschen Wein in der andern Hand hereinkam.

«Was soll das?» entschlüpfte es dem Pfarrer, der so feine Sachen nicht gewöhnt war: «Wie bist du zu diesen Schlemmereien gekommen?»

«Heute feiert Señor López seinen Namenstag», antwortete Rosalia, «und da hat er ein Kalb geschlachtet und hat Ihnen dazu zweieinhalb Pfund Speck und ein Krüglein Wein von seinen eigenen Reben geschickt; ich habe gleich den Topf aufgesetzt, damit ich Ihnen beim Heimkommen einen Teller

tes que se pusiese a descansar, pues de ambas cosas tendrá usted gran necesidad.

– Necesidad, precisamente, no – respondió el cura tomando la sopa; – pero me viene bien, Rosalía.

El cura tomó su sopa y su vasito de vino, que, aunque ambos, caldo y vino, de inferior calidad, comunicaron a su desfallecido estómago un gran bienestar; dió a Dios las gracias, recomendó a su sobrina que de ambos regalos llevase su parte a la viuda, y habiendo dejado caer su cabeza sobre la almohada que había colocado allí Rosalía, se quedó dormido en un sueño que hizo profundo como el de un niño su cansancio, y tranquilo como un cielo sin nubes su pura y limpia conciencia.

Dos horas habría que disfrutaba el cura de este envidiable sueño, cuando le despertó una voz desconocida que a la puerta de su casa preguntaba por él. Su sobrina se presentó para decir que estaba su tío recogido; pero ya éste se había levantado.

– ¿Qué se le ofrecía a usted, caballero? – preguntó al ver a un señor joven y bien portado.

– Perdone usted si le incomodo – respondió el forastero; – pero un asunto del mayor interés me trae aquí para hacerle a usted una pregunta. En este pueblo pequeño es de pensar que tenga usted noticias de todo forastero que venga a habitarlo – preguntó el recién llegado.

– Es muy cierto, señor mío.

– Así puedo esperar que me dé usted razón de si vino aquí, hace nueve o diez años una señora viuda y sola, que tenía por nombre doña Carmen Díez de Vargas.

El cura miró con ansia a aquel forastero, y le dijo con emoción:

– ¿Le trae usted por suerte noticias de su hijo, que hace nueve años llora por muerto?

– No le traigo noticias, le traigo a su propio hijo, pues ése soy yo. ¿Vive mi madre? ¿Dónde está?

Fleischbrühe auftischen kann, bevor Sie schlafen gehen, denn beides haben Sie sehr nötig.»

«Nötig nicht unbedingt, nein», antwortete der Pfarrer, während er die Suppe löffelte, «aber es tut mir gut, Rosalia.»

Der Pfarrer aß seine Suppe und trank sein Gläschen Wein dazu, und obwohl beides minderwertig war, wirkte es wohltuend auf seinen schlaffen Magen. Er verrichtete sein Dankgebet, trug seiner Nichte auf, der Witwe von beiden Geschenken ihren Anteil zu bringen, ließ seinen Kopf auf das Kissen fallen, das die Nichte ihm in den Nacken geschoben hatte, und schlief ein – vor Müdigkeit schlief er tief wie ein kleines Kind, und sein reines lauteres Gewissen verlieh seinem Schlummer die Ruhe eines wolkenlosen Himmels.

Etwa zwei Stunden mochte der Pfarrer seinen beneidenswerten Schlaf genossen haben, als er von einer unbekannten Stimme geweckt wurde, die am Hauseingang nach ihm fragte. Seine Nichte ging mit dem Bescheid hinaus, er schlafe; aber der Pfarrer war unterdessen schon aufgestanden.

«Was wünschen Sie, mein Herr?» fragte er, als er einen gut aussehenden jungen Mann erblickte.

«Verzeihen Sie, wenn ich störe», antwortete der Fremde, «aber mich führt ein äußerst wichtiges Anliegen hierher, und ich möchte Sie etwas fragen. In diesem kleinen Dorf ist doch gewiß anzunehmen, daß Sie es erfahren, wenn jemand von auswärts kommt, um hier zu wohnen, nicht wahr?» Das also fragte der Ankömmling.

«Ganz richtig, mein Herr.»

«Somit kann ich hoffen, daß Sie mir Auskunft geben können, ob vor neun oder zehn Jahren eine alleinstehende Witwe mit Namen Carmen Díez de Vargas hierher gekommen ist.»

Der Pfarrer schaute den Fremdling voller Erwartung an und fragte ihn bewegt:

«Bringen Sie ihr vielleicht Nachricht von ihrem Sohn, den sie seit neun Jahren als tot beweint?»

«Ich bringe ihr keine Nachricht, ich bringe ihr den Sohn selbst, denn der bin ich. Lebt meine Mutter noch? Wo ist

¡Oh, señor! condúzcame usted adonde se halle...
no se detenga...

Y el forastero se encaminaba hacia la calle.

—Párese usted —le gritó apurado el cura.— Su pobre madre está muy delicada; al ver a usted inopinadamente, la sorpresa y el gozo podrían matarla; es necesario prepararla.

Adrián Vargas, pues era él, se sentó muy agitado en una silla, y dijo:

—Tiene usted razón, señor cura; y siendo así, suplico a usted tome el encargo de prepararla. Vaya usted, señor cura, vaya usted, que esta misión es santa y una de las pocas gozosas que tiene su ministerio.

—Voy, señor —repuso el cura.— Rosalía, tráeme mi canoa y mi manteo. Pero, señor, ¿me explicará usted la causa de un silencio de diez años?

—Todo se explicará; pero ahora, por Dios, diga usted a mi madre que su hijo está aquí y ansía por abrazarla.

El cura se encaminó presuroso hacia la miserable casa y triste covacha en que habitaba la pobre viuda.

—Señora —la dijo después de saludarla,— siempre he dicho a usted que nunca se deben perder las esperanzas; son el báculo que nos ayuda a subir la cuesta de la vida, que tan agria y árida es para algunos.

—¿Qué esperanzas no se apuran en diez años, señor cura? —contestó la pobre viuda.

—Pues pasados esos diez años pueden realizarse, y sepa usted que ha llegado una persona de Lima que dice haber conocido allí a su hijo de usted, el que quedaba en dicho punto a su salida.

Un temblor convulsivo se apoderó de la débil y padecida señora al oir aquellas palabras; quiso hablar, pero las palabras quedaron ahogadas en su garganta: una lívida palidez se extendió sobre su rostro.

sie? Ach, Herr Pfarrer, führen Sie mich zu ihr, wo sie auch immer sei... Zögern Sie nicht...»

Und schon wandte sich der Fremde zur Straße.

«Warten Sie!» rief ihm der Pfarrer besorgt nach: «Ihre arme Mutter ist sehr schwach; wenn sie Ihnen unerwartet begegnet, könnten die Freude und die Überraschung sie töten; man muß sie unbedingt vorbereiten.»

Adrián Vargas, denn er war es, setzte sich aufgeregt auf einen Stuhl und sagte:

«Sie haben recht, Herr Pfarrer; darum flehe ich Sie an, das Amt auf sich zu nehmen, sie vorzubereiten. Gehen Sie zu ihr, Herr Pfarrer, gehen Sie, denn diese Aufgabe ist heilig und eine der wenigen freudigen Ihres Dienstes.»

«Ich gehe, Señor», erwiderte der Pfarrer: «Rosalia, bring mir den Hut und den Mantel. Doch, mein Herr, werden Sie mir den Grund Ihres zehnjährigen Schweigens erklären?»

«Alles wird sich aufklären; aber gehen Sie jetzt um Gotteswillen zu meiner Mutter und sagen Sie ihr, daß ihr Sohn hier ist und sehnlichst wünscht, sie in die Arme zu schließen.»

Der Pfarrer begab sich eilends zu der Elendshütte und dem dunklen Schuppen, wo die arme Witwe hauste.

«Señora», sagte er zu ihr, nachdem er sie begrüßt hatte, «ich habe immer gesagt, man dürfe die Hoffnung nie aufgeben; sie ist der Stab, der uns hilft, den steilen Lebensweg zu bewältigen, der für manche so beschwerlich und steinig ist.»

«Wie soll sich die Hoffnung in zehn Jahren nicht erschöpfen, Herr Pfarrer!» antwortete die Witwe.

«Nach zehn Jahren kann sie sich dann durchaus erfüllen, und ich darf Ihnen melden, daß ein Herr aus Lima gekommen ist, der behauptet, Ihren Sohn dort kennengelernt zu haben, der sich bei seiner Abreise in der genannten Stadt befand.»

In krampfhaftem Zittern erschauerte die von Leiden und Krankheit geschwächte Frau, als sie diese Worte hörte; sie wollte sprechen, aber die Worte blieben ihr im Hals stecken, und ihr Gesicht wurde leichenblaß.

El cura llamó a la buena vecina Josefa para que trajese agua, y vuelta un poco en sí mediante estos auxilios, la pobre viuda pudo preguntar al cura con voz trémula:

— El que trae esas noticias, ¿hace mucho que ha llegado? ¿Dónde le ha visto usted? ¿Está en el pueblo?

— No, no está en el pueblo, — respondió el cura, asustado, al ver el estado convulso de la viuda.

— ¡Oh, señor cura! ¿por qué no me avisó usted para que yo lo hubiese visto y hablado?

— Porque ha de volver mañana por una fe de bautismo que le tendré buscada; mientras tanto, tranquilícese usted y dé gracias a Dios por esta inesperada merced, debida seguramente a la intercesión de su santa Madre de la Esperanza, que tanto ha invocado.

— Señor, — dijo el cura a Adrián cuando regresó a su casa, — el anuncio solamente de que vive usted y está en Lima ha puesto a su madre en tal estado de excitación, que hace imposible causarla más emociones hasta que se haya sosegado. Su madre de usted ha padecido mucho, está muy destruída, muy débil, y no puede pasar del extremo del dolor al colmo de la alegría sin grandes precauciones; es necesario aguardar hasta mañana para que usted la vea. Siento muchísimo no poder ofrecer a usted hospedaje; mi casa, como usted ve, la componen sólo esta mi habitación con una alcoba, en la que estrechamente cabe el mal catre de tijera en que duermo, y enfrente, separado por el callejón de entrada que comunica con el corral, está la cocina y otra piececita en que duerme mi sobrina. Mi cena consiste en unas sopas de aceite y chocolate, y aunque es mala, mucho celebraría nos acompañase a tomarla.

El joven dio las gracias y se retiró al mesón. Poco o nada durmió, y a la mañana siguiente se fue a casa del cura, que había salido ya para ofrecer el

Der Pfarrer rief die gute Nachbarin Josefa herbei, sie solle Wasser bringen, und nachdem sich die Witwe dank dieser Hilfe wieder ein weinig erholt hatte, konnte sie den Pfarrer mit zitternder Stimme fragen:

«Ist der Herr, der diese Nachricht bringt, schon länger hier? Wo haben Sie ihn gesehen? Ist er im Dorf?»

«Nein, er ist nicht im Dorf», antwortete der Pfarrer erschrocken, als er sah, wie aufgewühlt die Witwe war.

«Ach, Herr Pfarrer, warum haben Sie mich nicht benachrichtigt, damit ich ihn hätte sehen und sprechen können?»

«Er muß morgen nochmals wegen eines Taufscheins vorbeikommen, den ich ihm heraussuchen muß; beruhigen Sie sich also inzwischen, und danken Sie Gott für diese unerwartete Gnade, die sicher die Fürsprache der Heiligen Gottesmutter von der unverzagten Hoffnung bewirkt hat, die Sie so inständig angerufen haben.»

«Señor», sagte der Pfarrer zu Adrián, als er wieder nach Hause kam, «allein die Nachricht, daß Sie leben, daß Sie in Lima sind, hat ihre Mutter in solche Erregung versetzt, daß ihrem Gemüt weitere Erschütterungen nicht mehr zugemutet werden können, bis sie sich wieder beruhigt hat. Ihre Mutter hat viel gelitten, sie ist verbraucht und sehr schwach; nur mit der allergrößten Vorsicht darf sie aus dem tiefsten Schmerz auf den Gipfel der Freude gehoben werden. Sie müssen unbedingt bis morgen warten, bis Sie sie sehen dürfen. Ich bedaure sehr, daß ich Ihnen kein Obdach gewähren kann, aber wie Sie sehen, hat mein Haus nur dieses eine Zimmer und das Kämmerchen nebenan, wo knapp das schmale Faltbett Platz hat, auf dem ich schlafe, und auf der andern Seite des Hausflurs, der einen Ausgang auf die Hofseite hat, ist die Küche und ein weiteres Kämmerchen, wo meine Nichte schläft. Mein Nachtessen besteht aus einer Brotsuppe mit einigen Tropfen Olivenöl und einer Tasse Schokolade, und obwohl das sehr karg ist, würde ich mich freuen, wenn Sie es mit mir teilen wollten.»

Der junge Mann bedankte sich und ging ins Gasthaus zurück. Er schlief wenig oder gar nicht und kam am andern Morgen wieder ins Pfarrhaus, aber der Pfarrer war schon in

santo sacrificio de la Misa en la iglesia. Allí fue Adrián a buscarlo, y cuando hubo concluido el cura con los deberes de su santo ministerio, se unió a él, y al atravesar la iglesia y pasar ante el altar de la Virgen de la Esperanza, mirándola le dijo:

— Esta Señora es la que me introdujo con su madre de usted.

El cura se dirigió a su casa.

— ¡Oh, señor cura! — exclamó Adrián. — Suplico a usted no me impida por más tiempo el ir a abrazar a mi madre.

— Esto no puede ser.

— Usted le ha dicho que hoy viene la persona que me ha visto en Lima; esa persona seré yo: he variado tanto en diez años, que mi madre no me reconocerá si yo no me doy a conocer.

— Pues ya que usted lo exige, vamos, — respondió el cura; — pero, por Dios, le suplico que sea prudente.

— Señora, — dijo el cura al entrar en el lóbrego chiribitil de la pobre viuda, — aquí tiene usted al caballero que ha llegado de Lima.

— Y mi hijo, ¿vive? — exclamó la madre, levantándose para ir al encuentro del forastero; pero apenas fijó en él sus ansiosas miradas, cuando dió un grito agudo, vaciló y cayó en brazos de Adrián, que corrió a sostenerla.

Había perdido completamente el conocimiento.

El cura mandó a una de las vecinas que corriese a avisar a su sobrina, y cuando la viuda, gracias a los auxilios que le fueron prodigados, abrió los ojos, los fijó lentamente en los que la rodeaban, que eran la buena vecina Josefa, que la sostenía la cabeza apoyada en su pecho; Rosalía, que de rodillas la presentaba un pañuelo empapado en vinagre; al otro lado, de rodillas también, su hijo, que cubría de besos y de lágrimas una de sus manos, y al frente el cura echándola aire con el sombrero de paja que

der Kirche, um die Messe zu feiern. Dorthin ging Adrián um ihn abzuholen, und kaum war der Pfarrer mit seinen Amtspflichten fertig, trat er auf ihn zu; als sie miteinander durch die Kirche gingen und beim Altar der Jungfrau von der unverzagten Hoffnung vorbeikamen, schaute er sie an und sagte: «Diese Heilige hat mich mit Ihrer Mutter bekannt gemacht.»

Der Pfarrer wandte sich seinem Haus zu.

«O Herr Pfarrer», flehte ihn Adrián an, «verwehren Sie mir nicht länger, meine Mutter in die Arme zu schließen, ich bitte Sie inständig.»

«Das kann nicht sein.»

«Sie haben ihr doch gesagt, daß heute die Person kommt, die mich in Lima gesehen hat; diese Person werde ich sein; ich habe mich in den zehn Jahren so verändert, daß meine Mutter mich nicht wiedererkennt, wenn ich mich ihr nicht zu erkennen gebe.»

«Nun, da Sie es verlangen, so gehen wir», antwortete der Pfarrer, «aber ich bitte Sie um Gotteswillen, vorsichtig zu sein.»

«Señora», sagte der Pfarrer, als er den düsteren Schuppen der Witwe betrat, «hier bringe ich Ihnen den Herrn, der von Lima gekommen ist.»

«Und mein Sohn lebt?» rief die Mutter und stand auf, um dem Fremden entgegenzugehen; aber kaum hatte sie ihre sehnsüchtigen Augen auf ihn geworfen, als sie schrill aufschrie, taumelte und Adrián in die Arme sank, der ihr entgegengeeilt war, um sie aufzufangen.

Sie war in tiefe Ohnmacht gefallen.

Der Pfarrer bat eine der Nachbarinnen, eiligst zu seiner Nichte zu gehen und es ihr zu melden; als die Witwe dank der freigebigen Hilfe von allen Seiten die Augen wieder aufschlug, schaute sie die Umstehenden lange an:

die gute Nachbarin Josefa stützte ihr den Kopf, der in ihrem Schoß lag, neben ihr kniete Rosalia und reichte ihr ein Essigtüchlein, auf der andern Seite kniete ihr Sohn und küßte ihr weinend die eine Hand, und vor ihr fächelte der Pfarrer ihr

traía Adrián. Apenas comprendió lo sucedido, cuando el exceso de la dicha la hizo desvanecerse de nuevo.

— Esto me temía yo; ¡está tan débil! — dijo el cura.

— ¡Hijo de mi alma! — exclamó, volviendo en sí la viuda, arrojándose en los brazos de Adrian.

— Yo pensé, madre mía, que no me hubiese usted reconocido; ¡estoy tan mudado!

— ¿Qué ojos y qué corazón de madre no reconocen a su hijo? Pero di, di: ¿cómo no has escrito y has olvidado a tu madre durante diez años, que han sido diez siglos?

Entonces, de una manera difusa, e interrumpido ya por las preguntas, ya por exclamaciones, hizo Adrián la relación, que en breves y más claras palabras vamos a resumir.

Cuando llegó a Lima, fue su primer cuidado presentarse en casa de la viuda del ex compañero de don Andrés, para quien le había dado éste una carta de recomendación. La viuda, que tenía poco más de treinta años y carácter vehemente y apasionado, se prendó luego de aquel bello joven, que tan notables elogios merecía del ex compañero de su marido, e hízolo su secretario particular; habiendo cumplido este cargo con tanto celo como inteligencia, lo puso al frente de sus negocios. Viendo que Adrián no correspondía a las muestras de afecto que ella le daba, y que permanecía triste y metido en sí, le preguntó un día cuáles eran sus miras y sus esperanzas. Adrián contestó con la verdad y naturalidad de su cándido carácter, que eran las de poder ganar lo suficiente para mantener a la que más amaba en este mundo, a su madre, y reunir un capitalito para volver a su lado.

Esta respuesta, que aniquilaba todas sus esperanzas, desesperó a la mujer violenta y apasionada y exasperó su pasión, al punto de mandar secretamen-

mit Adriáns Strohhut Luft zu. Kaum hatte sie begriffen, was da vor sich ging, als ihr vor übergroßer Freude die Sinne von neuem schwanden.

«Genau das habe ich befürchtet! Sie ist so schwach!» sagte der Pfarrer.

«Mein Sohn! Kind meines Herzens!» sagte sie überglücklich, als sie wieder zu sich kam, und ließ sich in Adriáns Arme fallen.

«Ich dachte, Sie würden mich nicht wiedererkennen, Mutter, ich habe mich so verändert!»

«Welche Mutteraugen, welches Mutterherz erkennt den Sohn nicht wieder? Aber sag, rede, wie ist es gekommen, daß du nie geschrieben und deine Mutter ganz vergessen hast ... zehn Jahre lang, die für mich wie tausend waren!»

Dann erzählte Adrián ziemlich wirr und von vielen Fragen und Zwischenrufen unterbrochen seine Geschichte, die wir hier in klareren Worten kurz zusammenfassen wollen:

Als er in Lima ankam, war sein erstes Anliegen, sich bei der Witwe von Don Andrés' Geschäftsfreund vorzustellen, für die er ein Empfehlungsschreiben mitbekommen hatte. Diese Witwe war kaum über dreißig Jahre alt; sie hatte ein aufbrausendes leidenschaftliches Wesen und verliebte sich augenblicklich in den schönen Jüngling, dem der ehemalige Geschäftspartner ihres verstorbenen Gatten so hohes Lob zollte, und machte ihn zu ihrem Privatsekretär. Weil er dieser Aufgabe mit großem Eifer und viel Umsicht oblag, übertrug sie ihm die Führung ihres Geschäftes. Dagegen stellte sie fest, daß Adrián auf die Zeichen ihrer Zuneigung nicht einging, sondern traurig und in sich gekehrt blieb, weshalb sie ihn eines Tages fragte, welches seine Ziele und Hoffnungen seien. Adrián antwortete wahrheitsgetreu und in aller Natürlichkeit, wie es seinem lauteren offenen Wesen entsprach, er wolle so viel verdienen, daß er dem Liebsten, was er auf der Welt habe, helfen könne, nämlich seiner Mutter, und sobald er ein kleines Vermögen beisammen habe, wolle er zu ihr zurückkehren.

Diese Antwort vernichtete alle Hoffnungen der leidenschaftlichen, ungestümen Frau und reizte sie so sehr, daß sie

te que se le entregase toda la correspondencia de Adrián, y así las cartas que recibía como las que escribía Adrián, fueron por ella arrojadas al fuego.

Afligíase Adrián de no tener noticias de su madre, cuando se supo allí que el cólera hacía estragos en Cádiz, y que una de sus víctimas había sido don Andrés. Con este motivo, un amigo complaciente de la viuda le dio a entender de una manera muy clara que su madre también lo había sido. La viuda, al ver el vivo dolor de Adrián, le prestó los más cariñosos consuelos, y él, agradecido y tan aislado en el mundo, admitió la oferta de su mano, que le hizo el consabido complaciente amigo de la apasionada viuda.

Adrián cayó desde entonces bajo el doble despotismo de un carácter y de una pasión indómitos, que sólo su templada y suave índole hubiesen podido tolerar.

Así pasaron ocho años amargos y tristes para Adrián, que recordaba la dulce paz doméstica en que se había criado y las virtudes de su buena madre.

Entonces acometió a su mujer una enfermedad aguda, que la puso en las puertas de la muerte, y ya en ellas, se arrepintió y le confesó su delito, implorando su perdón; al hacer esta revelación, el excelente joven pudo contener su ira; pero no el alejamiento y horror que le causaba la criminal, que murió desesperada.

En su testamento dejaba a su marido por heredero universal; pero él rehusó tomar dádiva alguna de la que quizás fuese la asesina de su madre, y sólo se reservó los gananciales hechos desde su matrimonio y gerencia de los negocios, que eran muy crecidos.

Los parientes, herederos naturales, le entregaron en el acto cien mil duros en buenas letras de cambio, sin aguardar los trámites legales, y él a ellos

heimlich Auftrag gab, ihr Adriáns ganzen Briefwechsel zu hinterbringen, und so warf sie alle Briefe, die er schrieb und bekam, ins Feuer.

Adrián machte sich Sorgen, weil er keine Nachricht von seiner Mutter erhielt, als in Lima bekannt wurde, daß die Cholera in Cádiz wütete und Don Andrés eines ihrer ersten Opfer war. Diesen Umstand benutzte ein gefälliger Freund der Witwe, um Adrián sehr deutlich zu verstehen zu geben, daß auch seine Mutter unter den Opfern sei. Als die Witwe seinen brennenden Schmerz sah, tröstete sie ihn besonders zärtlich, und da er so allein auf der Welt war, nahm er dankbar die Hand der leidenschaftlichen Witwe an, welche ihm durch Vermittlung des genannten gefälligen Freundes angeboten wurde.

Seitdem war Adrián dieser Frau in doppelter Hinsicht ausgeliefert, und allein seiner Sanftheit und Gemütsruhe war es zu verdanken, daß er ihre ungezähmte Herrschsucht und Leidenschaft überhaupt ertragen konnte.

So verflossen acht bittere und traurige Jahre für Adrián, der sich die ganze Zeit über an die Tugenden seiner guten Mutter und an den wohltuenden Hausfrieden erinnerte, worin er aufgewachsen war.

Dann wurde seine Frau plötzlich schwer krank, und als sie schon am Rand des Grabes war, bereute sie ihre Verfehlungen, gestand ihm ihr Verbrechen und flehte ihn um Verzeihung an. Dem prächtigen Jüngling gelang es zwar, bei dieser Eröffnung seinen Zorn zu unterdrücken, nicht aber das Entsetzen und die Entfremdung, welche er der Verbrecherin gegenüber empfand; sie starb in Verzweiflung.

In ihrem Testament hatte sie ihren Gatten zum Alleinerben eingesetzt, aber er schlug es aus, irgendwelche Gaben von der Frau entgegenzunehmen, die vielleicht die Mörderin seiner Mutter war; er beanspruchte nur den Gewinn aus den Jahren als ihr Ehemann und Geschäftsführer, und der war recht groß.

Die Verwandten, die natürlichen Erben, zahlten ihm sogleich zehntausend Duros in guten Wechseln aus, ohne den amtlichen Entscheid abzuwarten; er hinterließ ihnen eine

el desistimiento de la herencia legalizado, y en la primera ocasión emprendió el regreso a su patria.

Al llegar a Cádiz se dirigió a la casa de don Andrés, en la que supo la aldea a que se había retirado doña Carmen.

– Pero ahora, madre mía – acabó diciendo, – ya no vivirá usted en una aldea; he vuelto para dedicar mi vida a hacer dulce y feliz la de usted; soy rico por mi trabajo; iremos, pues, adonde usted quiera establecerse: a Cádiz, a Madrid.

– ¡Hijo de mi alma! no, no me saques de aquí – exclamó la viuda; – tengo cariño a este pueblo como se le tiene a un amigo que ha visto sufrir mucho; a la Virgen Santa de la Esperanza, que tantas ha derramado en mi corazón, pues sin la de volverte a ver no hubiera podido penar tanto. Y, sobre todo – prosiguió, volviéndose al cura y a Rosalía, – no me separes de estos dos ser es benéficos, a los que debes el hallarme viva y no muerta de miseria.

Ellos me han mantenido, servido, cuidado y consolado, sin desmayar un día en tan triste tarea, sin tener más esperanzas de recompensa que mi estéril gratitud. No, no me puedo separar de ellos; quiero morir auxiliada por este modesto santo y asistida por este ángel puro, que ha pasado los primeros años de su juventud sin más afán ni más pasión e intereses que el de asistir a su excelente tío y de cuidar a una pobre enferma mendiga.

Adrián cayó de rodillas ante Rosalía, la que, ruborizada al oír las palabras de la viuda, se tapaba la cara con ambas manos, diciendo:

– No admito esos elogios ni esa gratitud que no merezco...

– ¡Oh! admítala usted – exclamó Adrián, – y con la mía, que es aún mucho mayor, ¡como pobre paga de una deuda que sólo Dios puede pagar!

beglaubigte Verzichterklärung auf sein Erbe und schiffte sich bei erster Gelegenheit zur Rückreise in die Heimat ein.

In Cádiz angekommen, ging er zu Don Andrés, wo er erfuhr, in welches Dorf Doña Carmen gezogen war.

«Aber jetzt, liebe Mutter», schloß er seinen Bericht, «sollen Sie nicht mehr in einem Dorf wohnen; ich bin heimgekommen, um mein Leben dafür einzusetzen, das Ihre glücklich und angenehm zu machen; durch meine Arbeit bin ich reich geworden, wir können uns also niederlassen, wo Sie am liebsten möchten: in Cádiz... in Madrid...»

«Mein Herzenskind! Nein! Bringe mich nicht von hier weg!» fiel die Witwe ein, «ich habe dieses Dorf liebgewonnen, wie man einen Freund liebgewinnt, den man viel hat leiden sehen. Ich liebe die Muttergottes von der unverzagten Hoffnung, die so viel Hoffnung in mein Herz gegossen hat, denn ohne meine Hoffnung, dich wiederzusehen, hätte ich so große Leiden nicht aushalten können. Vor allem aber bitte ich dich», fuhr sie zum Pfarrer und zu Rosalia gewandt weiter, «trenne mich nicht von diesen beiden Wohltätern, denn ihnen verdankst du es, mich lebend hier wiederzufinden, statt elendlich zugrunde gegangen. Sie haben mich versorgt, bedient, gepflegt und getröstet, ohne auch nur einen einzigen Tag in ihrer unerfreulichen Aufgabe zu erlahmen, ohne ein weiteres Entgelt erwarten zu können als meine leere Dankbarkeit. Nein, ich kann mich nicht von ihnen trennen! Ich möchte mit dem Beistand dieses demütigen Heiligen sterben und von diesem reinen Engel begleitet sein, denn dieses Mädchen hat seinen jugendlichen Eifer ganz in den Dienst seines Onkels gestellt und war rührend bestrebt, mich alte kranke Bettlerin liebevoll zu umsorgen.»

Adrián fiel vor Rosalia auf die Knie, die bei den Worten der Witwe ganz rot geworden war, das Gesicht mit beiden Händen bedeckte und stammelte:

«Ich kann den Dank und das Lob nicht annehmen, denn ich verdiene beides nicht...»

«O, nehmen Sie es an!» rief Adrián, «und meine Dankbarkeit dazu, die noch viel tiefer ist! Als armseliges Entgelt für eine Schuld, die nur Gott begleichen kann!»

Algunos años después había Adrián hecho labrar una casa, no ostentosa, pero grande y cómoda; no brillaban en ella los primores artísticos ni tal o cual arquitectura, pero la valoraba su solidez. A espaldas tenía un hermoso jardín, arreglado en una huerta y combinado de manera que uno de los más hermosos naranjos que había en ella viniese a estar frente de la puerta de la casa que daba al jardín. Alrededor del robusto tronco del naranjo se había colocado un ancho banco rústico. En torno de este centro se habían plantado toda clase de arbustos de flor, como lilas, mirtos, aromos, celindas y luisas; tupían enredaderas los claros que entre sí dejaban estas plantas. A la entrada de este gran cenador había colocados dos rústicos sillones. En aquel lugar perfumado, tan fresco en verano como al abrigo de los vientos en invierno, es donde se reunía por las tardes la familia de Adrián, a la sazón aumentada.

En una de estas tardes del mes de Octubre estaban sentados en el banco, debajo del naranjo, el cura y doña Carmen; enfrente en los dos asientos mencionados, Adrián y Rosalía. Esta tenía entre sus rodillas, y sujetaba con las andaderas, un hermoso niño, que pateaba el suelo con sus piececitos, meneaba los brazos, reía y gritaba al ver jugar y correr alrededor del naranjo a dos hermanitos suyos.

— No meter tanto ruido, niños, — dijo Rosalía, que era su madre, — que incomodáis al tío cura y a abuelita; no correr más; id á coger flores.

Los niños obedecieron, y el mayor se había empinado ya para coger una flor de adelfa, cuando les gritó la niñera, que era Josefa, la pobre y buena vecina que amparó a la viuda:

— Suelta, suelta, no cojas adelfas.
— ¿Y por qué? — preguntó el niño.
— Porque son malas.
— ¿Tienen espinas?

Einige Jahre waren vergangen: Adrián hatte sich ein Haus bauen lassen – kein prunkvolles, aber es war groß und bequem. Es protzte nicht mit Glanzlichtern dieses oder jenes Stils, aber es war wertvoll wegen seiner guten Bauweise. Dazu gehörte ein schöner Garten, der auch für Obst und Gemüse genutzt wurde und so gestaltet war, daß einer der prächtigsten Orangenbäume gerade vor dem Gartenausgang des Hauses stand.

An seinen kräftigen Stamm schmiegte sich eine einfache Holzbank, und um diesen Mittelpunkt herum waren blühende Sträucher aller Art gepflanzt: Flieder und Myrten, Akazien, Zimtröschen, Zitronenkraut, und die Zwischenräume füllten allerlei Kletterpflanzen aus. Neben dem Zugang zu diesem duftdurchtränkten geräumigen Sitzplatz standen noch zwei bäuerliche Korbsessel; hier nun saß Adrián am Abend mit seiner inzwischen groß gewordenen Familie beisammen, denn im Sommer war der lauschige Ort angenehm kühl, und im Winter vor Winden geschützt.

An einem Oktoberabend nun saßen der Pfarrer und Doña Carmen auf der Bank unter dem Orangenbaum, und gegenüber in den erwähnten Armsesseln Adrián und Rosalia. Diese hielt ein herziges Bübchen zwischen ihren Knien fest, denn es trampelte in seinem Laufgestell mit den Füßchen heftig auf den Boden, winkte mit den Ärmchen, lachte und jauchzte seinen beiden älteren Brüderchen zu, die bei ihrem Spiel ständig um den Baum herumrannten.

«Macht nicht so viel Lärm, Kinder!» schärfte ihnen Rosalia ein, denn sie war ihre Mutter, «ihr stört sonst Onkel Pfarrer und die Großmutter; hört auf herumzurennen, und geht lieber Blumen pflücken.»

Die Kinder gehorchten, und das größere hatte sich schon gereckt, um eine Oleanderblüte abzureißen, als die Kinderfrau – das war die gute Nachbarin Josefa, die trotz ihrer Armut die Witwe bei sich aufgenommen hatte – ihm zurief:

«Laß los, laß los, reiß keinen Oleander ab!»

«Warum denn?» fragte das Kind.

«Weil er böse ist.»

«Hat er Dornen?»

—No; pero son dañinas. Todas las flores tienen su miel y su misterio, menos la adelfa, que no tiene ninguno.

—No es, —contestó el niño.

—Sí es; y si no, verás lo que sucedió en una ocasión. Había un reo de muerte muy retemalo; pero como a los malos nunca les faltan padrinos, los tenía éste, que se empeñaron con su majestad el rey para que lo indultase. El rey no quería, y por no dar un no pelado, dijo que se lo daría si le llevaba un ramo compuesto de todas las flores del mundo. El reo, que sabía más que Briján, cogió un panal de miel, y en medio clavó un ramo de adelfa, porque sabía que las abejas de todas las flores sacan miel menos de la adelfa, que no la tiene.

—¿Y el rey le perdonó? —preguntó el niño.

—Por supuesto, como que tenía palabra de rey.

—¿Y se comió la miel?

—¡No que no! A todo el mundo le gusta la miel, hasta a los osos, que se pirran por ella.

—Rosalía, —dijo el cura, —¿qué es eso, que me he encontrado en lugar de mi sillón de paja una lujosa butaca de muelles?...

—Tío, el sillón estaba roto.

—Lo sé, y mandé que se compusiese.

—Señor, estaba todo apolillado, no se ha podido componer. Tío, va usted siendo viejecito, y es preciso que se cuide.

—¿Yo viejecito? —preguntó con cierta extrañeza el cura. —Verdad es, niña, y tienes razón, pues nací en el siglo pasado; pero como, bendito sea Dios, no me ha dado ninguno de los achaques que acompañan a la vejez, se me ha entrado por las puertas sin sentir. ¡Bien venida sea! ¡No me pesa!...

—¡Ay, señor cura, —dijo doña Carmen, —me parece mentira la felicidad que gozo! Si antes no tenía ojos pra llorar ahora me faltan labios para dar gracias a Dios, y después de dárselas por haberme

«Nein, aber er ist schädlich. Alle Blumen haben ihren Honig und ihr Geheimnis, nur der Oleander nicht.»

«Das ist nicht wahr», antwortete das Kind.

«Es ist wahr; und wenn du es nicht glaubst, so höre, was sich einmal zugetragen hat: Es war einmal ein schlimmer Verbrecher, der war zum Tode verurteilt. Aber böse Leute haben immer ihre Fürsprecher, so auch er; die gingen zu seiner Majestät, dem König, und bedrängten ihn, daß er ihn begnadige. Der König wollte nicht, aber um nicht mit einem trockenen Nein zu antworten, sagte er, er wolle ihn begnadigen, wenn er ihm ein Gebinde aus allen Blumen der Welt bringe. Der Angeklagte war klüger als der Teufel, nahm eine Bienenwabe und steckte einen Oleanderzweig hinein; er wußte, daß die Bienen aus allen Blüten Honig saugen, nur nicht aus dem Oleander, weil der keinen hat.»

«Hat ihn der König begnadigt?» fragte das Kind.

«Natürlich, denn er hatte ja sein Königswort gegeben.»

«Ist der Honig gegessen worden?»

«Und ob! Wer ißt denn schließlich nicht gern Honig, sogar die Bären sind ganz gierig darauf.»

«Rosalia», sagte der Pfarrer, «was soll das bedeuten? Anstelle meines alten Strohsessels habe ich einen prunkvollen gefederten Lehnstuhl vorgefunden!»

«Onkel, der alte war schadhaft.»

«Ich weiß, er sollte gerichtet werden.»

«Onkel, er war ja ganz wurmstichig, und man konnte ihn nicht mehr richten. Allmählich werden Sie alt, Onkel, und Sie sollten Sorge zu sich tragen.»

«Ich alt?» entrüstete sich der Pfarrer: «Ja, es ist wahr, Kind, und du hast recht, denn schließlich bin ich im vorigen Jahrhundert geboren; aber da ich, Gott sei's gelobt, noch keine der Beschwerden habe, die das Alter sonst begleiten, hat es sich bei mir zur Tür hereingeschlichen, ohne daß ich es gemerkt habe. Es sei willkommen! Es drückt mich nicht...!»

«Ach, Herr Pfarrer», sagte Doña Carmen, «mir kommt das Glück ganz unglaublich vor, das ich genieße! Hatte ich früher keine Tränen mehr zum Weinen, so fehlt mir heute

devuelto el hijo de mi alma, se las doy porque ha podido pagar con su cariño la caridad que por tantos años han ejercido usted y mi Rosalía conmigo.

– Madre, – dijo con pena Rosalía, – me había usted prometido no volver a avergonzarnos con ese tema.

En este momento entró un criado trayendo el correo, en el que venían toda clase de periódicos. El cura se apresuró á coger ‹El Boletin Eclesiástico›; la viuda se apoderó de ‹Los Ecos de Maria›, preciosa publicación de Barcelona; Adrián cogió ‹La Ilustración Popular Económica›, que se publica en Valencia, y Rosalía rompió la faja de otro de Madrid, que, con el título de ‹El Ultimo Figurín›, trataba de literatura y de modas.

– Este es nuevo, – dijo. – ¿Otro periódico más, Adrián? ¡Esto es un despilfarro!...

– Mujer: ¿más orden y economía quieres que tenga? – contestó Adrián. – No gastamos ni la cuarta parte de la renta que tenemos, y no ahorro por avaricia, sino para emplear lo que no se gasta en adquirir para cada uno de mis hijos un patrimonio en fincas rurales para que se hagan agricultores, mejorando y fomentando sus bienes, viviendo como honrados y modestos propietarios, aquí en el campo, sin depender de nadie ni ser gravosos al Erario, que es la bolsa común de todos los españoles.

– ¡Ay! – exclamó asombrada Rosalía, que había seguido leyendo el periódico nuevo. – Adrián: ¿sabes lo que trae este diario?

– ¿Qué cosa puede ser esa que tanto te asombra? – repuso su marido.

– Es nuestra historia, con el epígrafe o título de ‹La viuda de un cesante›; nada absolutamente hay cambiado, sino los nombres.

– ¡Dios mío! – exclamó doña Carmen; – nosotras, que vivimos tan retiradas del mundo, tan ignoradas de todos...

die Stimme, Gott zu danken, zuerst, daß er mir meinen Sohn zurückgegeben hat, und dann, daß er mit seiner Liebe die Fürsorge entgelten darf, mit der Sie und Rosalia alle die Jahre mich umhegt haben.»

«Mutter», sagte Rosalia traurig, «Sie haben mir doch versprochen, uns nicht mehr mit solchen Reden zu beschämen!»

In diesem Augenblick kam ein Dienstbote mit der Post herein, worunter sich verschiedenerlei Zeitschriften befanden.

Der Pfarrer griff schnell nach dem Kirchenboten, die Witwe holte sich «Die Stimmen der Maria» heraus, ein sehr schönes Blatt aus Barcelona, Adrián nahm das Illustrierte Wirtschaftsblatt, das in Valencia erscheint, und Rosalia riß das Streifband eines Madrider Mode- und Literaturmagazins auf, das den Titel «Die Neue Linie» trug.

«Das ist neu», sagte sie: «Noch eine Zeitung, Adrián? Das ist Verschwendung!»

«Liebe Frau, soll ich denn noch mehr sparen und noch mehr aufpassen?» antwortete Adrián: «Wir geben nicht einmal den vierten Teil unseres Vermögensertrages aus, und ich spare nicht aus Geiz, sondern ich will mit unseren Überschüssen Land erwerben, damit jeder unserer Söhne ein Bauerngut bewirtschaften und seinen Besitz mehren kann. Als bescheidene anständige Bauern sollen sie leben, hier auf dem Lande; sie sollen von niemandem abhängig sein und dem Staat nicht zur Last fallen, denn er ist der Geldbeutel aller Spanier.»

«Ach, schau doch, Adrián!» verwunderte sich Rosalia auf einmal, die in der neuen Zeitschrift weitergelesen hatte: «Weißt du, was da steht?»

«Was soll denn da stehen, daß du so überrascht bist?» fragte ihr Gatte.

«Unsere Geschichte wird da erzählt mit der Überschrift ‹Die Witwe eines Entlassenen›; ganz genau gleich, nur die Namen sind geändert.»

«Um Gottes willen!» rief Doña Carmen: «Wir leben doch hier so zurückgezogen von aller Welt, so völlig abgeschieden...»

—¿Quién habrá podido, — añadió Rosalia, — contársela a la persona que la escribe?

En este momento se posó sobre una rama del naranjo un pajarito, que se puso a cantar.

Adrián, señalando sonriéndose a la rama, dijo:
— Ese.

«Wer kann sie der Person erzählt haben, die sie hier wiedergibt?» fügte Rosalia hinzu.

In diesem Augenblick setzte sich ein Vögelchen auf einen Zweig des Orangenbaums und fing an zu zwitschern.

Adrián zeigte lachend auf den Zweig und sagte:

«Das da!»

Serafín Estébanez Calderón
Los filósofos en el figón

> Probemos lo del Pichel,
> ¡alto licor celestial!
> No es el aloquillo tal,
> ni tiene que ver con él.
>
> ¡Qué suavidad! ¡Qué clareza!
> Que rancio gusto y olor!
> ¡Qué paladar! ¡Qué color,
> todo con tanta fineza!
>
> (Baltasar de Alcázar, 1530–1606)

Nada enfada tanto el ánimo como oír incesantemente unos labios ni fáciles ni elocuentes y una tarabilla necia de algún filosofastro pedantón, que se extasía hablando de materias tan triviales que cualquiera alcanza, o tan áridas que secan y hastían la imaginación y fantasía del pobre que cogen en banda.

Iba yo a duras penas sosteniéndome en mis piernas antiguas y descarnadas, y pensando de tal manera, cuando, al tender la vista, tropezaron mis ojos con la mayúscula persona del bachiller Górgoles, aquel parlador eterno, cuyo prurito es hacer entender que tiene en su mano la piedra filosofal de la felicidad humana, cuando su título por tamaña empresa está sólo en relación de coro dos o cuatro libros que ya nadie lee, por el hastío que derraman. Venía, pues, a embestir conmigo y mi paciencia, remolcándose calle arriba de la Paja,

cuando, por librarme, cogí los pies en volandas para escapar. Temiendo no conseguir mi intento, y hallando a poco trecho un figón o taberna de traza limpia y bien acondicionada, acordé zambullirme en ella, por dejar pasar aquel para mí más que tremendo chubasco.

Serafín Estébanez Calderón
Die Philosophen in der Kneipe

> So kosten wir den von Pichel,
> den hochedlen Himmelslikör,
> mitnichten ist er Schillerwein
> und hat mit dem auch nichts gemein.
>
> Welche Süße! Welche Reinheit!
> Welche Reife! Welcher Duft!
> Welche Farbe! Welcher Biß!
> Und in allem zarte Feinheit!
>
> (Baltasar de Alcázar, 1530–1603)

Nichts erbost des Menschen Geist so sehr wie ein endloser Schwall leerer Worte aus dem schwerfälligen ungewandten Mund eines eitlen Möchtegern-Philosophen, der mit glühender Begeisterung entweder belangloses Zeug daherredet, das jeder sowieso weiß, oder sich in solche Höhen versteigt, daß die Phantasie des mit Beschlag belegten Zuhörers austrocknet und seine Vorstellungskraft erlahmt.

Solches ging mir unterwegs durch den Kopf, als ich mich kaum auf meinen alten kraftlosen Beinen zu halten vermochte, und meine Augen unversehens auf die Riesengestalt des Bakkalaureus Górgoles fielen; dieser ewige Schwätzer hat den Ehrgeiz, allen Leuten zu verstehen zu geben, daß er den Stein der Weisen für das menschliche Glück in Händen hält, obwohl er als einzigen Ausweis für ein Unterfangen dieser Größe ein paar Bücher auswendig herunterleiern kann, die so von Langeweile strotzen, daß sie niemand mehr liest. Da wälzte er sich also die Paja-Straße herauf mir entgegen, um zum Angriff auf mich und meine Geduld auszuholen, als ich, um ihm zu entkommen, meine Füße in beide Hände nahm und vor ihm davonlaufen wollte. Ich fürchtete, mein Vorhaben könnte mißlingen, und da ich wenige Schritte vor mir eine Kneipe oder Taverne von sauberem und ordentlichem Aussehen erblickte, entschied ich mich, dort hineinzuschlüpfen, um diesen für mich mehr als nur fürchterlichen Platzregen vorübergehen zu lassen.

No bien puse el pie en ella, cuando consideré lo pronto que sería descubierto por mi perseguidor si en casa tan concurrida me ponía a los ojos de tanto curioso, y sin más ni más seguí mi paso por un entarimado que desde el zaguán arrancaba, y al final me condujo a una escalerilla excusada que daba a un aposento bajo de techo y a tejavana, que después vi era sobrado de un zaquizamí húmedo por todo extremo;

    sentéme en un banquillo cojo colocado al frente de una mesilla, si bien saltadora, si bien danzante, regada por medio siglo con el mosto de mil libaciones no muy limpias, y dando un golpe fuerte sobre ella, se me presentó el montañés, quien de su mejor modo me preguntó que con qué me serviría, relatándome la larga letanía de vinos que guardaba en su bien abastecida bodega.

– No echará de menos en ella, señor caballero, desde el claro Montilla hasta el tinto de Valdepeñas, con toda la gran parentela de ellos hasta el quinto grado que se crían en nuestra España, limpios y sin mezcla de agua, brebaje ni otra mala raza con que mis cofrades suelen inficionar y adulterar tragos tan celestiales.

– Al Montilla me atengo – repliqué –, y que venga con acompañamiento de algún sabroso llamativo.

– Sí habrá – contestó mi hombre.

Y a poco me trajo un vaso y la botella con unas aceitunillas enjutas, gordas y sin mácula, que a legua se pregonaban como de Sevilla, realzándose todo más y más, teniendo al lado el pan blanquísimo de bollo o de tahona. Dije al montañés que siendo aquel retrete tan reducido, me excusase de toda compañía; le di las señas de la persona de quien me guardaba, y él retirándose, yo me quedé saboreándome a la par con el suceso agradable de mi escapada y con los bocados que delante tenía.

Kaum hatte ich meinen Fuß hineingesetzt, bedachte ich auch schon, wie schnell ich von meinem Verfolger entdeckt würde, wenn ich mich in einem so gut besuchten Lokal sämtlichen neugierigen Blicken aussetzte; ich ging also einfach auf dem Riemenboden weiter, der hinter der Vorhalle anfing und kam schließlich zu einer versteckten Treppe, die zu einem niedrigen Dachraum mit offener Balkendecke führte – wie ich später merkte, war es ein Stück Dachboden, das neben der Feuchtkammer noch übrig geblieben war. Ich setzte mich auf die wackelige Bank vor einem Tischchen, das bald hüpfte, bald tanzte und jahrzehntealte Spuren gärenden Schaumes aufwies, der von tausenderlei nicht ganz reiner Trankopfer herrührte. Nachdem ich ein paarmal kräftig daraufgeklopft hatte, erschien der Wirt und fragte mich mit seinen besten Umgangsformen, womit er mir dienen könne – nicht ohne mir die lange Litanei seiner Weine aufzuzählen, die in seinem gut ausgestatteten Keller lagerten.

«Nichts werden Sie darin vermissen, verehrter Herr, was in unserem schönen Spanien wächst, angefangen vom weißen Montilla bis zum dunkelsten Valdepeñas über die ganze Verwandtschaft bis hinaus zum fünften Grad; alle sind rein und ohne Zusatz von Wasser oder einem Gebräu niedriger Abstammung, womit meine Kollegen noch und noch die himmlische Trinksame verfälschen und verderben.»

«Ich halte mich an den Montilla», entgegnete ich, «und wenn ein schmackhaftes Häppchen als Appetitanreger ihn begleiten könnte...»

«Können Sie haben», sagte der zuständige Kellner.

Kurz darauf brachte er mir ein Glas und die Flasche, dazu dicke verschrumpelte Oliven – so makellos alle, daß sie von weitem verkündeten, sie seien aus Sevilla; sie stachen noch mehr heraus, weil daneben feinstes schneeweißes ofenfrisches Brot lag. Ich bat den Wirt, er möge dafür sorgen, daß ich von Gesellschaft verschont bliebe, da dieses Hinterstübchen so winzig sei; ich beschrieb ihm den, vor dem er mich in Schutz nehmen sollte; als er ging, labte ich mich gleicherweise an dem angenehmen Ereignis meines Entwischens wie an den herrlichen Genüssen vor mir.

No bien habrían andado dos instantes de tan deliciosa tarea, cuando oí hablar dos personas tan cerca de mí, que parecían estar en el mismo aposento. Volví los ojos por todos lados y por entre las tablas que formaban uno de los tabiques de él, vi dos hombres sentados frente a frente, ante de otra mesa ni más ni menos como la mía, derribadas las capas por la espalda en las sillas, calados los sombreros con aire picaril, una baraja en la mano como de haber echado un jarro al truco, y el del fruto de la victoria puesto ante los ojos de los dos combatientes, que se lo iban a partir y trasegar lo más amigablemente del mundo.

– Con truco y flor me has ganado el envite, Pistacho – dijo el uno –, y quiero verme ahogado en agua pura, si te juego de hoy más a otra cosa que al rentoy, aunque me des punto y medio.

– Ni al rentoy, filey, brisca, truco, secansa, ni otro de los carteados – respondió el otro –, ni al sacanete, baceta ni otro de los de golpe y azar puedes medirte conmigo, y en esto ríndeme el mismo respeto que yo a ti en lo del cuchillo y cuarteo.

– Afuera las alabanzas, y vaya, Pistacho, este tercer trago a los buenos ratos que pasamos juntos todos los jueves, que en ellos no me cambiaría por el Preste Juan; tal es el gusto que disfruto en ellos. ¿Y no sabes, Rechina, que en este bajo mundo está toda la gloria en un buen amigo y dos botellas?

– ¿Y las mujeres no entran en tu reino? Porque en verdad te digo, que donde faltan ellas, todo para mí es por demás, y si no se hallan en tercio con nosotros en tales sesiones, te aseguro que mi alma está con ellas como mis sentidos en este vino y sus adherentes.

– Ellas te darán el pago, pobrete – dijo Rechina –; que el vino es placer más barato y duradero, ni deja en pos de sí los torcimientos y amarguras que ellas,

Kaum waren ein paar Augenblicke bei dieser köstlichen Beschäftigung verflossen, als ich zwei Männer so nahe bei mir reden hörte, daß ich glaubte, sie wären im gleichen Raum. Ich schaute ringsumher, und durch die Ritzen einer Zwischenwand entdeckte ich dann die beiden, wie sie an einem Tischchen, das ungefähr so aussah wie das meine, einander gegenüber saßen. Ihre Pelerinen hingen über der Stuhllehne, die Hüte hatten sie sich keck in den Nacken geschoben, die Karten hielten sie in der Hand, als ob sie eben das Spiel mit einem Trunk Wein begossen hätten, und vor den Augen der beiden Kämpfer stand der Krug mit dem Preis für den Sieg und wartete darauf, freundschaftlich geteilt und ausgetrunken zu werden.

«Mit List und Glück hast du mich beim Bieten geschlagen, Pistacho,» sagte der eine; «ich will lieber in reinem Wasser ertrinken, als mit dir noch etwas anderes als ‹Rentoy› zu spielen, auch wenn du mir anderthalb Punkte vorgibst.»

«Weder im ‹Rentoy› noch im ‹Filey›, ‹Brisca›, ‹Truco›, ‹Secansa› oder einem andern Kartenspiel kannst du dich mit mir messen», antwortete der andere, «auch nicht im ‹Sacanete›, im ‹Baceta› oder sonst einem Würfelspiel; darin mußt du mir den gleichen Respekt zollen wie ich dir im Messerkampf.»

«Schluß mit den Lobhudeleien, Pistacho, und stoßen wir mit diesem dritten Trunk auf die schönen Stunden an, die wir jeden Donnerstag miteinander verbringen, denn die würde ich nicht einmal mit dem berühmten Pater Juan tauschen, so sehr genieße ich sie! Du weißt ja, Rechina, daß in diesem irdischen Jammertal die ganze Herrlichkeit aus einem guten Freund und zwei Flaschen besteht.»

«Die Frauen haben in deinem Reiche keinen Platz? Denn ich sage dir ganz im Ernst: wo sie fehlen, gebe ich alles übrige dazu, und wenn sie bei solchen Zusammenkünften nicht mit von der Partie sind, dann bin ich mit meiner Seele bei ihnen wie mit meinem Geist bei diesem Wein und seinen Beilagen.»

«Sie lassen es dich zahlen, mein Lieber», sagte Rechina, «der Wein ist ein billiger Spaß, und ein beständigerer dazu, denn er hinterläßt keinen bittern Geschmack und keine

y a fe a fe que media columnaria no contentará a la más humilde de ellas, y es moneda bastante para pasarse un hombre de forma toda la tarde hombreándose con todos los príncipes de la tierra; pues te hago saber, Pistacho – aquí el orador se acomodó en la silla, enderezó el sombrero y pasó la mano por la garganta para desembarazar el habla –, que mientras estoy si son flores o no son flores, todo lo veo de color de rosa, y del turco se me da un ardite, y del Tamerlán una blanca. No haya miedo que el cristiano que se encuentre en tal beatificación piense poner lengua en Papa, ni mano en Rey, ni se entremeta en murmuración ni suciedad semejante; pues si hay un tantico de cantares, no digo nada, porque de ahí a los cielos.

– ¡Y qué verdura es el apio, ya que verdad no diga! – replicó el otro –; contigo me entierren, que esa razón me ha vuelto ceniza; venga otro viaje, apuremos el jarro, y el montañés haga crujir la piquera por mi cuenta.

– Rematado me vea – dijo Rechina – si me gusta el vino bebido como de contrabando; cada uno en su casa haciéndose alcantarilla de mosto que no bebedor racional, sin pleitear sobre la calidad del vino, pecados que tenga y remedios que se le pueden aplicar,

que este es ramo muy de enseñanza y divertido, y si esto se acompaña con la música de vasos que suenan, mosto que cae, candiotas que crujen, jarros que gorjean y mozos que gritan, no hay más que pedir.

– Siempre – contestó Pistacho – te vas al hueso y dejas la pulpa; quiero decir que más te saben esas salsas que refieres que no los sorbos copiosos y seguidos.

Bien alcanzo la razón que haya para preferir el de antaño al de hogaño; pero andarse con esos piquismiquis tuyos, lo condeno altamente como

Gewissensbisse; Hand aufs Herz, auch die bescheidenste von ihnen gibt sich nicht mit einer halben Columnaria zufrieden gibt – dabei ist diese Münze so viel wert, daß ein Mann von Welt einen Nachmittag lang es jedem Fürsten gleichtun kann. Du sollst wissen, Pistacho», hier rückte sich der Sprecher auf seinem Stuhl zurecht, zog den Hut gerade und strich mit der Hand über die Gurgel, um seine belegte Stimme zu klären, «solange ich nicht weiß, ob es Blumen oder doch keine Blumen sind, sehe ich alles rosarot, und ein Türkengroschen ist mir so viel wie ein Tartarenpfennig. Man darf unbesorgt sein, daß ein Christenmensch, der in solcher Seligkeit schwelgt, anfängt den Papst zu schmähen oder Hand an den König zu legen, noch sich in Klatsch und ähnlichen Schmutz hineinziehen läßt; denn wo auch nur ein wenig gesungen wird, sage ich nichts mehr, da bin ich schon im Himmel.»

«Das ist so wahr, wie der Sellerie ein Gemüse ist!» entgegnete der andere: «mit dir gehe ich bis ins Grab, denn diese Beweisführung hat mich erledigt. Trinken wir noch eine Runde, leeren wir den Krug; der Wirt soll den Spund auf meine Rechnung knarren lassen.»

«Ich bin reif für den Gnadenstoß», sagte Rechina, «wenn ich Geschmack daran finde, den Wein wie Schmuggelgut hinunterzuschütten; wenn jeder im stillen Kämmerlein sich zum Durchlaufrohr für vergorenen Rebensaft macht, statt wie ein vernunftbegabter Trinker über die Vorzüge des Tropfens zu rechten, über seine Mängel und die Möglichkeiten, sie auszumerzen; denn das ist ein eigenes Fachgebiet, sehr spannend; vor allem wenn klingende Gläser, sprudelnde Strahlen neuen Weins, quietschende Faßhähne, gurgelnde Krüge und die lauten Zurufe der Kellner die Begleitmusik dazu bilden – dann bleiben keine Wünsche offen.»

«Immer gehst du auf den Kern los», antwortete Pistacho, «und verschmähst das Fruchtfleisch; ich meine damit, daß dir das Zubehör, das du erwähnst, besser schmeckt als eine Reihe kräftiger Schlucke. Wohl verstehe ich die Gründe, warum man dem letztjährigen gegenüber dem heurigen Wein den Vorzug gibt, aber sich in lauter solchem Krimskrams zu ergehen, das verurteile ich scharf, denn es riecht mir nach

cosa que huele a gula y sensualidad. Denme a mí el piezgo de un odre bien relleno, callen todos los relojes y no pare el chorro, y saldré más gananciosos que no tú, amén de la conciencia más limpia; que si yo te acompaño en tales estaciones, separo impectore todas las superfluidades de que tú sacas tanta delectación y tu alma tu palma.

Sigue tu camino – dijo aquél –, que yo bien me encuentro por el mío; remojarse en vino como esponja, cual tú dices, es cosa, amigo, de hombre y paladar poco delicado, y para ti, mal vinagre o buen Jerez todo será igual y quiero morirme si puede hallarse mayor pecado en buen bebedor, pues contigo será en balde aquello del ‹pan con ojos, el queso sin ojos y el vino que salte a los ojos›.

– ¿Con sutilezas te vienes y refrancicos propones? – habló Pistacho –. Pues hágame la gracia el sabihondo de decirme cuáles son los tres enemigos del hombre, que si tal aciertas te tendré por hombre consumado en el gremio.

Aquí los dos filósofos se quedaron mirando: aquél a éste, como quien piensa, y el otro al uno, sonriéndose vanaglorioso del enigma con que había enredado a su compadre.

– Confiésome vencido – dijo Rechina –, pues como no sean los arcabuces, las mujeres y los tabardetes pintados, no sé qué otros mayores enemigos puede tener el hombre.

– ¡Oh menguado! – replicó Pistacho –; ¡que pobrete te criaste en esto de entendederas! Los enemigos que digo son: los que arrancan los cepas, los que venden las uvas y los que las dan y convierten en pasa.

Todas pisadas, que nadando en mostillo nadie siente penas; y es contrario al hombre quien le mengua consuelo tal, mermando un solo sorbo del jugo de los lagares. ¿Digo bien, señor Rechina? ¿Hablo al aire o no discurro como el bachiller Gór-

Schwelgerei und Genußsucht. Man reiche mir den Zipfel eines prall gefüllten Weinschlauchs, dann mögen alle Uhren schweigen und der Strahl nie versiegen; ich trage größeren Gewinn davon als du und habe erst noch ein reineres Gewissen; denn wenn ich dich zu solchen Stätten begleite, so schiebe ich unwillkürlich alle Äußerlichkeiten beiseite, die dich so ergötzen und in Wonnestimmung versetzen.»

«Geh du deinen Weg», sagte der andere, «mir behagt der meine; sich mit Wein vollsaugen wie ein Schwamm, wie du eben sagst, Freund, ist etwas für Leute mit unempfindlichem Gaumen; für dich sind schlechter Essig und guter Jerez dasselbe, und bei meinem Leben! eine größere Sünde läßt sich an einem guten Trinker nicht finden, denn du kannst mit der Redewendung ‹Brot mit Augen, Käse ohne Augen, und der Wein springe in die Augen› rein gar nichts anfangen.»

«Mit Spitzfindigkeiten kommst du mir, und Sprichwörter führst du an?» redete Pistacho weiter: «So tue mir doch der weise Herr den Gefallen, mir die drei Feinde des Mannes zu nennen, denn findest du das heraus, so betrachte ich dich als würdig, der Gattung Mensch anzugehören.»

Hier schauten sich die beiden Philosophen eine Weile an: der eine machte ein Gesicht, als denke er nach, der andere lächelte sichtlich stolz, daß sich sein Trinkbruder im Rätsel verfangen hatte.

«Ich gebe mich geschlagen», sagte Rechina, «denn außer Feuerbüchsen, Frauen und Fleckfieber kenne ich keine gefährlichen Feinde, die ein Mann haben könnte.»

«O du Einfaltspinsel!» antwortete Pistacho, «wie schwach ist doch dein Hirn entwickelt! Die Feinde, die ich meine, sind nämlich Leute, welche Weinstöcke ausreißen, solche, die Trauben so verkaufen und solche, die Weinbeeren daraus machen. Alles muß eingestampft werden! Denn wer im neuen Wein schwimmt, fühlt keinen Schmerz; und zum Gegner des Mannes macht sich, wer ihm solchen Trost schmälert und ihm auch nur einen einzigen Tropfen Rebensaft aus der Presse wegnimmt. Habe ich das gut gesagt, mein lieber Herr Rechina? Rede ich in die Luft hinaus, oder argumentiere ich nicht vielmehr wie der Bakkalaureus Górgoles,

goles, que cada palabra la afirmaba con tres silogismos y cuatro autoridades?

Al decir esto el elocuente orador, escuché ruido por la escalera; vuelvo el rostro y miro: ¡perdón de mis pecados! Miro al mismo tremendo Górgoles bailándole sus ojos de alegría por haber atrapado a su víctima. A pesar del montañés, entró y escudriñó la casa, pues no encontrándome en las calles cercanas, concluyó, y con razón, que me había agazapado en alguna madriguera. Entró, digo, se me lanzó como un sacre y me hizo presa por el brazo como alano, pues las orejas me las reservó para taladrármelas a preguntas, argumentos y reconvenciones por mi asistencia y querencia en casas de aquel jaez.

Me sacó a lo del Rey con más inculpaciones y reprimendas; llevóme hablándome, gritando, argumentando en forma, por inducción, a priori, por exabrupto, por peroración..., ¡qué tormento! En fin, apartóme mi implacable enemigo de aquel mi centro de recreación y gusto; pero al menos aprendí y supe en dónde cada jueves podría sacar mi ánimo de sus melancólicas meditaciones, oyendo los diálogos de dos filósofos, que si enseñan poco como todos, divierten como ningunos.

der jedes Wort mit drei Zirkelschlüssen und vier gelehrten Zitaten bekräftigt?»

Als der wortgewaltige Redner dies sagte, hörte ich Geräusche auf der Treppe; ich drehe den Kopf und erblicke – Herr, erbarme dich! – ich erblicke den fürchterlichen Górgoles höchstselbst, und seine Äuglein tanzen vor Freude, daß er sein Opfer eingefangen hat. Trotz dem Wirt war er ins Haus gekommen, hatte es ausgeschnüffelt, denn da er mich auf den Straßen ringsum nirgends fand, schloß er zu Recht, daß ich mich in irgendeinen Schlupfwinkel verkrochen hatte. Er kam also herein, sage ich, stürzte sich wie ein Jagdfalke auf mich und packte mich am Arm wie ein Alane, denn meine Ohren mußte er freihalten, um mit Fragen, Begründungen und Vorwürfen darauf einzuhämmern: wieso ich mich in derartigen Häusern aufhalte und was mir daran gefalle. Er zog mich unter weiteren Beschuldigungen und Beschimpfungen auf die Straße, schleppte mich mit sich fort, redete auf mich ein, schrie, argumentierte nach allen Regeln der Kunst ‹per inductionem›, ‹a priori›, ‹ex abrupto›, ‹per perorationem› ... was für eine Qual! Kurz, mein erbarmungsloser Feind vertrieb mich aus dem Brennpunkt der Erholung und des Ergötzens; aber wenigstens erfuhr ich bei dieser Gelegenheit und wußte ich von nun an, wo ich jeden Donnerstag mein Gemüt aus bedrückender Grübelei befreien konnte: als Zuhörer beim Gespräch zweier Philosophen, die zwar, wie alle, wenig lehren, dafür aber unterhalten wie keine anderen.

Mariano José de Larra
En este país

Hay en el lenguaje vulgar frases afortunadas que nacen en buena hora y que se derraman por toda una nación, así como se propagan hasta los términos de un estanque las ondas producidas por la caída de una piedra en medio del agua. Muchas de este género pudiéramos citar, en el vocabulario político sobre todo; de esta clase son aquellas que, halagando las pasiones de los partidos, han resonado tan funestamente en nuestros oídos en los años que van pasados de este siglo, tan fecundo en mutaciones de escena y en cambio de decoraciones. Cae una palabra en los labios de un perorador en un pequeño círculo, y un gran pueblo, ansioso de palabras, la recoge, la pasa de boca en boca, y con la rapidez del golpe eléctrico un crecido número de máquinas vivientes la repite y la consagra, las más veces sin entenderla, y siempre sin calcular que una palabra sola es a veces palanca suficiente a levantar la muchedumbre, inflamar los ánimos y causar en las cosas una revolución.

Estas voces favoritas han solido siempre desaparecer con las circunstancias que las produjeran. Su destino es, efectivamente, como sonido vago que son, perderse en la lontananza, conforme se apartan de la causa que las hizo nacer. Una fase, empero, sobrevive siempre entre nosotros, cuya existencia es tanto más difícil de concebir cuanto que no es de la naturaleza de esas de que acabamos de hablar; éstas sirven en las revoluciones a lisonjear a los partidos y a humillar a los caídos, objeto que se entiende perfectamente, una vez conocida la generosa condición del hombre; pero la frase que forma el objeto de este artículo se perpetúa entre nosotros, siendo sólo un funesto padrón de ignominia para los que la

Mariano José de Larra
In unserm Land

Es gibt in der Alltagssprache treffende Sätze, die aus der Gunst des Augenblicks entstehen und sich über eine ganze Nation verbreiten, so wie sich bis zu den Ufern eines Teichs die Wellen ausdehnen, die ein Steinwurf mitten ins Wasser ausgelöst hat. Viele Sätze dieser Art könnten wir hier anführen, vor allem aus der Sprache der Politik; dazu gehören solche, die den Leidenschaften der Parteien zwar schmeicheln, aber seit Beginn unseres an Szenen- und Bühnenbildwechseln so fruchtbaren Jahrhunderts unheilschwanger in den Ohren klingen.

      Es fällt im kleinen Kreis ein Wort von den Lippen eines Schwätzers, und ein großes wortgieriges Volk fängt es auf, reicht es von Mund zu Mund, schnell wie ein Stromstoß pflanzt es sich fort, und eine wachsende Zahl lebender Maschinen wiederholt es und segnet es ab, meistens ohne es zu verstehen und immer ohne einzurechnen, daß oft in einem einzigen Wort genügend Hebelkraft steckt, die Menge aufzustacheln, die Begeisterung zu entflammen und den Umsturz der Dinge herbeizuführen.

Solche Lieblingsausdrücke sind meistens mit den Umständen wieder verschwunden, aus denen sie entstanden sind. Ihr Geschick ist es in der Tat, mit zunehmender Entfernung von den Ursachen, aus denen heraus sie geboren sind, schließlich als unbestimmtes Geräusch – was sie ja sind – in der Weite zu verebben. Ein Satz allerdings überlebt immer bei uns, und sein Vorhandensein ist deshalb besonders schwierig zu fassen, weil er ganz anderer Natur ist als die, von denen eben die Rede war; diese dienen in den Revolutionen dazu, die Parteien zu beweihräuchern und die Unterlegenen zu demütigen, einem Zweck, den man durchaus versteht, wenn man die Großmut menschlicher Wesensart einmal erkannt hat; der Satz aber, der Gegenstand dieses Artikels ist, verewigt sich bei uns und ist doch nur ein trauriges Schandmal für die, welche ihn hören und selbst für die, wel-

oyen y para los mismos que la dicen; así la repiten los vencidos como los vencedores, los que no pueden como los que no quieren extirparla; los propios, en fin, como los extraños.

‹En este país...› Ésta es la frase que todos repetimos a porfía, frase que sirve de clave para toda clase de explicaciones, cualquiera que sea la cosa que a nuestros ojos choque en mal sentido. ‹¿Qué quiere usted?›... decimos, ‹¡es este país!› Cualquier acontecimiento desagradable que nos suceda creemos explicarle pefectamente con la frasecilla: ‹¡Cosas de este país!› que con vanidad pronunciamos y sin pudor alguno repetimos.

¿Nace esta frase de un atraso reconocido en toda la nación? No creo que pueda ser éste su origen, porque sólo puede conocer la carencia de una cosa el que la misma cosa conoce: de donde se infiere que si todos los individuos de un pueblo conociesen su retraso, no estarían realmente atrasados. ¿Es la pereza de imaginación o de raciocinio, que nos impide investigar la verdadera razón de cuanto nos sucede, y que se goza en tener una muletilla siempre a mano con que responderse a sus propios argumentos, haciéndose cada uno la ilusión de no creerse cómplice de un mal, cuya responsabilidad descarga sobre el estado del país en general? Esto parece más ingenioso que cierto.

Creo entrever la causa verdadera de esta humillante expresión. Cuando se halla un país en aquel crítico momento en que se acerca a una transición, y en que, saliendo de las tinieblas, comienza a brillar a sus ojos un ligero resplandor, no conoce todavía el bien, empero ya conoce el mal, de donde pretende salir para probar cualquier otra cosa que no sea lo que hasta entonces ha tenido. Sucédele lo que a una joven bella que sale de la adolescencia; no conoce el amor todavía ni sus goces; su corazón, sin embargo, o la naturaleza, por mejor decir, le empie-

che ihn aussprechen; so führen ihn Sieger und Besiegte dauernd im Mund, solche, die ihn nicht ausrotten können, und solche, die es nicht wollen; die Einheimischen somit wie die Fremden.

‹In unserm Land...› Das ist der Satz, den wir alle um die Wette wiederholen, der Satz, der uns den Schlüssel für sämtliche Erklärungen liefert, was auch immer der Anlaß ist, der in unsern Augen Mißfallen erregt. ‹Was wollen Sie?› sagen wir, ‹so ist unser Land!› Wenn uns irgendetwas Unangenehmes zustößt, können wir es mit dem Sätzchen: ‹So ist es eben bei uns!› wunderbar erklären; wir sagen es voller Stolz und wiederholen es ohne irgendwelche Scham.

Entspringt dieser Satz aus einer von der ganzen Nation erkannten Rückständigkeit? Ich glaube nicht, daß das der Anlaß sein kann, denn vermissen kann man nur etwas, dessen Vorhandensein einem schon bekannt ist; woraus sich schließen läßt: wenn alle im Volk wüßten, wie rückständig sie sind, wären sie eigentlich gar nicht mehr rückständig. Hindern uns Mangel an Phantasie oder Denkfaulheit daran, die Ursache alles dessen zu ergründen, was sich hier abspielt? Oder genießen wir es einfach, immer eine Floskel zur Hand zu haben, mit der wir auf unsere eigenen Erwägungen antworten können? Leben wir im Wahn, an einem Übelstand nicht beteiligt zu sein, wenn wir die Verantwortung ganz allgemein auf die Verhältnisse im Land abwälzen? Das kommt mir eher spitzfindig als richtig vor.

Ich glaube, den wahren Ursprung dieser demütigenden Redewendung zu erahnen. Wenn ein Land in einer Übergangsphase zu dem entscheidenden Wendepunkt gelangt, wo es aus der Dunkelheit herausfindet und einen hellen Schein erspäht, kennt es zwar das Wohl noch nicht, aber es kennt das Übel, dem es entkommen will, und es ist bereit, alles zu versuchen, was anders ist als das Bisherige.

Es geht ihm wie einem schönen Mädchen, das allmählich erwachsen wird: Sie kennt die Liebe und ihre Freuden noch nicht; trotzdem eröffnet ihr das Herz, oder besser gesagt die Natur, nun Bedürf-

za a revelar una necesidad que pronto será urgente para ella, y cuyo germen y cuyos medios de satisfacción tiene en sí misma, si bien los desconoce todavía la vaga inquietud de su alma, que busca y ansía, sin saber qué, la atormenta y la disgusta de su estado actual y del anterior en que vivía; y vésela despreciar y romper aquellos mismos sencillos juguetes que formaban poco antes el encanto de su ignorante existencia.

Éste es acaso nuestro estado, y éste, a nuestro entender, el origen de la fatuidad que en nuestra juventud se observa: el medio saber reina ente nosotros; no conocemos el bien, pero sabemos que existe y que podemos llegar a poseerle, si bien sin imaginar aún el cómo. Alardeamos, pues, hacer ascos de lo que tenemos, para dar a entender a los que nos oyen que conocemos cosas mejores, y nos queremos engañar miserablemente unos a otros, estando todos en mismo caso.

Este medio saber nos impide gozar de lo bueno que realmente tenemos, y aun nuestra ansia de obtenerlo todo de una vez nos ciega sobre los mismos progresos que vamos insensiblemente haciendo. Estamos en el caso del que, teniendo apetito, desprecia un sabroso almuerzo con la esperanza de un suntuoso convite incierto, que se verificará, o no se verificará, más tarde. Sustituyamos sabiamente el recuerdo de ayer, y veamos si tenemos razón en decir a propósito de todo: ‹¡Cosas de este país!›

Sólo con el auxilio de las anteriores reflexiones pude comprender el carácter de don Periquito, ese petulante joven, cuya instrucción está reducida al poco latín que le quisieron enseñar y que él no quiso aprender; cuyos viajes no han pasado de Carabanchel; que no lee sino en los ojos de sus queridas, los cuales no son ciertamente los libros más filosóficos; que no conoce, en fin, más ilustración que la suya, más hombres que sus amigos,

nisse, die immer dringender werden; Ursprung und Mittel zu deren Befriedigung liegen zwar in ihr selbst, doch die unbestimmte Unruhe in der Seele kennt diese noch nicht; sie sucht und lechzt nach etwas, ohne genau zu wissen wonach, sie quält und plagt sich mit dem gegenwärtigen Zustand und mit dem früheren, in dem sie bis dahin gelebt hat; und siehe da, auf einmal schiebt sie die schlichten Spielsachen beiseite und zerschlägt, was kurz zuvor noch das Entzücken ihres kindlich unschuldigen Daseins war.

Das ist möglicherweise unser Zustand, das ist nach unserem Dafürhalten der Ursprung für die Aufgeblasenheit, die man bei unserer Jugend beobachtet: Halbwissen herrscht bei uns; wir kennen das Wohl nicht, aber wir wissen, daß es vorhanden ist und daß wir in seinen Besitz gelangen können, aber wir vermögen uns nicht vorzustellen wie. Wir brüsten uns damit, alles zu bespötteln, was wir haben, um so unsern Zuhörern zu verstehen zu geben, daß wir Besseres kennen; wir wollen uns gegenseitig erbärmlich betrügen, und sitzen doch alle im gleichen Boot.

Dieses Halbwissen hindert uns daran, das Gute zu genießen, das wir tatsächlich haben, und unsere Begierde, alles auf einmal zu bekommen, macht uns sogar blind gegenüber den Fortschritten, die wir unmerklich machen. Wir verhalten uns wie ein Hungriger, der ein schmackhaftes Essen verschmäht, weil er seine Hoffnung auf ein ungewißes glanzvolles Gastmahl setzt, das später einmal stattfinden wird – oder auch nicht. Ersetzen wir doch weise die Erinnerung an gestern, und schauen wir, ob wir wirklich zu recht zu allem sagen: ‹So ist es eben bei uns!›

Nur mit Hilfe der vorigen Überlegungen konnte ich den Charakter Don Periquitos begreifen, jenes anmaßenden jungen Mannes, dessen Bildung sich auf das bißchen Latein beschränkt, das man ihm beizubringen versuchte und das er nicht lernen wollte; der nie weiter als bis nach Carabanchel gereist ist; der nicht liest, außer in den Augen seiner jeweiligen Liebsten, und das sind sicher nicht besonders philosophische Bücher; kurz, der außer seiner eigenen Schulbildung nichts weiß und nichts kennt, keine Menschen außer seinen

cortados por la misma tijera que él, ni más mundo que el Salón del Prado, ni más país que el suyo. Este fiel representante de una gran parte de nuestra juventud desdeñosa de su país, fue no ha mucho tiempo objeto de una de mis visitas.

Encontréle en una habitación mal amueblada y peor dispuesta, como de hombre solo; reinaba en sus muebles y sus ropas, tiradas aquí y allí, un espantoso desorden de que hubo de avergonzarse al verme entrar.

– Este cuarto está hecho una leonera – me dijo –. ¿Qué quiere usted?, en este país ... – y quedó muy satisfecho de la excusa que a su natural descuido había encontrado.

Empeñóse en que había de almorzar con él, y no pude resistir a sus instancias: un mal almuerzo mal servido reclamaba indispensablemente algún nuevo achaque, y no tardó mucho en decirme:

– Amigo, en este país no se puede dar un almuerzo a nadie; hay que recurrir a los platos comunes y al chocolate.

– Vive Dios – dije yo para mí –, que cuando en este país se tiene un buen cocinero y un exquisito servicio y los criados necesarios, se puede almorzar un excelente beefsteak con todos los adherentes de un almuerzo ‹à la fourchette›; y que en París los que pagan ocho o diez reales por un ‹appartement garni›, o una mezquina habitación en una casa de huéspedes, como mi amigo don Periquito, no se desayunan con pavos trufados ni con champagne.

Mi amigo Periquito es hombre pesado como los hay en todos los países, y me instó a que pasase el día con él; y yo, que había empezado ya a estudiar sobre aquella máquina como un anatómico sobre un cadáver, acepté inmediatamente.

Don Periquito es pretendiente, a pesar de su notoria inutilidad. Llevóme, pues, de Ministerio en Ministerio; de dos empleos con los cuales contaba,

Freunden, die aus dem gleichen Holz geschnitzt sind wie er, nichts von der Welt außer dem Prado-Salon, kein anderes Land außer seinem eigenen. Diesem treuen Abbild eines großen Teils unserer das Land verachtenden Jugend stattete ich vor kurzem einen Besuch ab.

Ich traf ihn in einem schlecht eingerichteten und noch schlechter aufgeräumten Zimmer, wie es Alleinstehende haben; es herrschte so entsetzliche Unordnung im Hausrat und den überall herumliegenden Kleidungsstücken, daß er sich schämen mußte, als er mich eintreten sah.

«Dieses Zimmer sieht aus wie ein Löwenzwinger», sagte er. «Was wollen Sie? In unserem Land...» und war ganz zufrieden mit der Entschuldigung, die er für seine angeborene Unordentlichkeit gefunden hatte.

Er bestand darauf, daß ich mit ihm zu Mittag aß, und ich konnte seinem Drängen nicht widerstehen: das schlechte Essen und die schlechte Bedienung riefen unweigerlich nach einer neuen Ausrede, und es dauerte nicht lange, da sagte er:

«Lieber Freund, in unserm Land kann man niemanden zum Essen einladen; man muß sich auf die allergewöhnlichsten Gerichte und die übliche Schokolade beschränken.»

«Mein Gott», sagte ich bei mir, «wenn man in unserm Land einen guten Koch hat, eine aufmerksame Bewirtung und die nötigen Bediensteten, kann man ein ausgezeichnetes Beefsteak mit allen Beilagen bekommen, die zu einem Gabelfrühstück gehören; und wer in Paris acht oder zehn Reales für ein ‹appartement garni› oder ein schäbiges Zimmer in einer Pension wie mein Freund Don Periquito bezahlt, der bekommt dort auch keinen getrüffelten Truthahn und Champagner zum Frühstück.»

Mein Freund Don Periquito ist ein aufdringlicher Kerl, wie es sie in allen Ländern gibt, und er beharrte darauf, daß ich den Tag mit ihm verbringe; da ich bereits angefangen hatte, meine Studien an diesem ‹Objekt› zu machen wie ein Anatom an einer Leiche, nahm ich sofort an.

Don Periquito will Karriere machen – trotz seiner offenkundigen Unfähigkeit. Er schleppte mich nun von einem Ministerium zum andern; von zwei Stellen, mit denen er

habíase llevado el uno otro candidato que había tenido más empeños que él.

– ¡Cosas de España! – me salió diciendo, al referirme su desgracia.

– Ciertamente – le respondí, sonriéndome de su injusticia –, porque en Francia y en Inglaterra no hay intrigas; puede usted estar seguro de que allá todos son unos santos varones, y los hombres no son hombres.

El segundo empleo que pretendía había sido dado a un hombre de más luces que él.

– ¡Cosas de España! – me repitió.

– Sí, porque en otras partes colocan a los necios – dije yo para mí.

Llevóme en seguida a una librería, después de haberme confesado que había publicado un folleto, llevado del mal ejemplo. Preguntó cuántos ejemplares se habían vendido de su peregrino folleto, y el librero respondió:

– Ni uno.

– ¿Lo ve usted, Fígaro? – me dijo: ¿Lo ve usted? En este país no se puede escribir. En España nada se vende; vegetamos en la ignorancia. En París hubiera vendido diez ediciones.

– Ciertamente – le contesté yo –, porque los hombres como usted venden en París sus ediciones.

En París no habrá libros malos que no se lean, ni autores necios que se mueran de hambre.

– Desengáñese usted: en este país no se lee – prosiguió diciendo.

– Y usted que de eso se queja, señor don Periquito, usted, ¿qué lee? – le hubiera podido preguntar –. Todos nos quejamos siempre de que no se lee, y ninguno leemos.

–¿Lee usted los periódicos? – le pregunté, sin embargo.

– No, señor; en este país no se sabe escribir pe-

gerechnet hatte, war eine mit einem Bewerber besetzt worden, der sich ernsthafter darum bemüht hatte als er.

«Typisch Spanien!» redete er sich heraus, als er mir von seinem Pech erzählte.

«Gewiß», antwortete ich ihm und lächelte innerlich über seine Ungerechtigkeit, «denn in Frankreich und England gibt es keine Intrigen; Sie können ganz sicher sein, daß es dort lauter Heilige gibt und die Menschen gar keine Menschen sind.»

Die andere Stelle, um die er sich beworben hatte, war an einen Mann mit mehr Verstand als er vergeben worden.

«Typisch Spanien!» sagte er wieder zu mir.

«Ja, denn andernorts stellt man Dummköpfe ein», sagte ich bei mir.

Dann führte er mich in eine Buchhandlung, nachdem er mir gestanden hatte, daß er eine Schrift veröffentlicht hatte, – vom schlechten Beispiel angesteckt. Er fragte, wieviele Exemplare seiner Wunderbroschüre schon verkauft seien, und der Buchhändler antwortete:

«Nicht eines.»

«Sehen Sie, Figaro?» sagte er zu mir: «Sehen Sie? In unserm Land hat es keinen Sinn zu schreiben. In Spanien wird nichts verkauft; wir kümmern in Unwissenheit dahin. In Paris hätte ich zehn Auflagen verkauft.»

«Gewiß», antwortete ich ihm. «In Paris verkaufen Leute wie Sie ihre Veröffentlichungen.»

In Paris wird es bestimmt keine schlechten Bücher geben, die nicht gelesen werden, und keine Schreiberlinge, die am Verhungern sind.

«Täuschen Sie sich nicht», redete er weiter, «in unserm Land wird nicht gelesen.»

«Und Sie, Herr Periquito? Sie beklagen sich zwar darüber, aber was lesen denn Sie?» hätte ich ihn fragen können: «Wir beklagen uns immer alle, daß nicht gelesen wird, und niemand von uns liest.»

«Lesen Sie eigentlich die Zeitung?» fragte ich ihn immerhin.

«Nein, in unserm Land versteht niemand etwas vom Zei-

riódicos. ¡Lea usted ese ‹Diario de los Debates›, ese ‹Times›!

Es de advertir que don Periquito no sabe francés ni inglés, y que en cuanto a periódicos, buenos o malos, en fin, los hay, y muchos años no los ha habido.

Pasábamos al lado de una obra de esas que hermosean continuamente ‹este país›, y clamaba:

— ¡Qué basura! En este país no hay policía.

En París las cosas que se destruyen y reedifican no producen polvo.

Metió el pie torpemente en un charco.

—¡No hay limpieza en España! — exclamaba.

En el extranjero no hay lodo.

Se hablaba de un robo:

— ¡Ah! ¡País de ladrones! — vociferaba indignado. Porque en Londres, no se roba; en Londres, donde en la calle acometen los malhechores a la mitad de un día de niebla a los transeúntes.

Nos pedía limosna un pobre:

— ¡En este país no hay más que miseria! — exclamaba horripilado. Porque en el extranjero no hay infeliz que no arrastre coche.

Ibamos al teatro, y:

— ¡Oh qué horror! — decía mi don Periquito con compasión, sin haberlos visto mejores en su vida —. ¡Aquí no hay teatros!

Pasábamos por un café:

— No entremos. ¡Qué cafés los de este país! — gritaba.

Se hablaba de viajes:

—¡Oh! Dios me libre; ¡en España no se puede viajar! ¡Qué posadas! ¡Qué caminos!

¡Oh infernal comezón de vilipendiar este país que adelanta y progresa de algunos años a esta parte más rápidamente que adelantaron esos ‹países modelos›, para llegar al punto de ventaja en que se han puesto.

tungmachen. Lesen Sie einmal das ‹Journal des Débats›, die ‹Times›!»

Man muß dazu sagen, daß Don Periquito weder Französisch noch Englisch kann; und Zeitungen, ja sicher, es gibt gute und schlechte, aber viele Jahre lang hat es gar keine gegeben.

Wir kamen an einer der Baustellen vorbei, die ‹unser Land› ständig zieren, und er klagte:

«Was für ein Dreck. Keine Ordnung in unserm Land!»

Wenn in Paris Gebäude abgebrochen und neu gebaut werden, gibt es keinen Staub.

Aus Unachtsamkeit trat er in eine Pfütze:

«In Spanien kennt man keine Sauberkeit!» schimpfte er.

Im Ausland gibt es keinen Schlamm.

Das Gespräch kam auf einen Diebstahl:

«Ach! Unser Land besteht aus lauter Räubergesindel!» entrüstete er sich. Denn in London wird ja nicht gestohlen; in London, wo im Nebel die Fußgänger mitten am Tag auf offener Straße von Schurken überfallen werden.

Wir wurden um ein Almosen angebettelt:

«In unserm Land gibt es nichts als Elend!» entsetzte er sich. Denn im Ausland gibt es keinen Bettler, der einen Karren hinter sich herzieht.

Wir gingen ins Theater und:

«Ach, wie gräßlich!» sagte mitleidig mein Don Periquito. «Hier gibt es kein Theater!» und dabei hatte er in seinem ganzen Leben noch kein besseres gesehen.

Wir kamen an einem Kaffeehaus vorbei:

«Gehen wir nicht hinein! Die Kaffeehäuser in unserm Land!» zeterte er.

Das Gespräch kam auf Reisen:

«Gott stehe mir bei! In Spanien kann man nicht reisen! Was für Herbergen! Was für Straßen!»

O teuflische Sucht, unser Land zu verunglimpfen, das doch vorankommt und in den letzten Jahren größere Fortschritte gemacht hat als die sogenannten vorbildlichen Länder, bis es den erfreulichen Stand erreichte, auf dem es sich nun befindet.

¿Por qué los don Periquitos que todo lo desprecian en el año 33, no vuelven los ojos a mirar atrás, o no preguntan a sus papás acerca del tiempo, que no es tan distante de nosotros, en que no se conocía en la Corte más botillería que la de Canosa, ni más bebida que la leche helada; en que no había más caminos en España que el del cielo; en que no existían más posadas que las descritas por Moratín en ‹El sí las niñas›, con las sillas desvencijadas y las estampas del Hijo Pródigo, las malhadadas ventas para caminantes asendereados; en que no corrían más carruajes que las galeras y carromatos catalanes; en que los ‹chorizos› y ‹polacos› repartían a naranjazos los premios al talento dramático, y llevaba el público al teatro la bota y la merienda para pasar a tragos la representación de las comedias de figurones y dramas de Comella; en que no se conocía más ópera que el ‹Marlborough› (o ‹Mambruc›, como dice el vulgo, cantando a la guitarra); en que no se leía más periódicos que el ‹Diario de Avisos›, y en fin ... en que ...?

Pero acabemos este artículo, demasiado largo para nuestro propósito: no vuelvan a mirar atrás porque habrían de poner un término a su maledicencia y llamar prodigiosa la cassi repentina mudanza que en este país se ha verificado en tan breve espacio.

Concluyamos, sin embargo, de explicar nuestra idea claramente, más que a los don Periquitos que nos rodean pese y avergüence.

Cuando oímos a un extranjero que tiene la fortuna de pertenecer a un país donde las ventajas de la ilustración se han hecho conocer con mucha anterioridad que en el nuestro, por causas que no es de nuestra inspección examinar, nada extrañamos en su boca, si no es la falta de consideración y aun de gratitud que reclama la hospitalidad de todo hombre honrado que la recibe; pero cuando oímos la expresión despreciativa que hoy merece nuestra sátira en

Warum wenden diese Don Periquitos, die im Jahre 1833 alles verächtlich finden, ihren Blick nicht zurück, warum fragen sie nicht ihre Eltern nach den gar nicht so fernen Zeiten, als nur in Canosas Trinkhalle Erfrischungsgetränke zu haben waren, und auch da nichts anderes als Eismilch; als die einzige Straße in Spanien der Weg zum Himmel war; als es nur die Herbergen gab, die Moratín in seiner Komödie ‹El sí de las niñas› beschreibt – verrufene Unterschlupfe für verfolgte Wanderer mit wackligen Stühlen und dem Bild des verlorenen Sohnes als Wandschmuck; als nur die großen vierrädrigen Reisewagen und die schlechten katalanischen Zweiradfuhrwerke verkehrten; als in den Theatern die ‹Chorizos› und ‹Polacos› mit Orangen um sich warfen, um den dramatischen Talenten ihre Preise zuzuteilen, und die Zuschauer den Weinbeutel und das Vesperbrot in die Vorstellung mitnahmen und während den grotesken Komödien und auch Stücken von Comella aßen und tranken; als die einzige Oper der ‹Marlborough› war (oder ‹Mambruc›, wie er in den Volksliedern zur Gitarre heißt); als es außer dem Anzeiger keine Zeitung zu lesen gab; kurz und gut, als es ...

Aber schließen wir nun diesen Artikel ab, der für unsere Zwecke ohnehin schon viel zu lang geraten ist: Schauen Sie nicht mehr zurück, denn sonst müßten Sie mit Ihren Schmähreden aufhören und die fast plötzlichen Veränderungen, die sich ‹in unserm Land› in einem so kurzen Zeitabschnitt ereignet haben, beinahe ein Wunder nennen.

Zum Abschluß wollen wir unsere Ansicht aber doch noch klar darlegen, auch wenn sie die betroffenen Don Periquitos um uns herum noch so demütigt und beschämt.

Wenn wir einen Ausländer hören, der das Glück hat, in einem Land zu wohnen, wo die Errungenschaften der Aufklärung früher durchgedrungen sind als bei uns – aus Gründen, die hier nicht zu erörtern sind – so stört uns aus seinem Munde nichts so sehr wie mangelnde Anerkennung und sogar Dankbarkeit für genossene Gastfreundschaft, wie sie von jedem Ehrenmann erwartet werden; aber wenn wir den verächtlichen Satz, den wir heute unserer Satire für wert befunden haben, aus dem Munde von Spaniern hören,

bocas de españoles, y de españoles, sobre todo, que no conocen más país que este mismo suyo que tan injustamente dilaceran, apenas reconoce nuestra indignación límites en que contenerse.

En el día es menos que nunca acreedor ‹este país› a nuestro desprecio. Hace años que el Gobierno, granjeándose la gratitud de sus súbditos, comunica a muchos rasgos de prosperidad cierto impulso benéfico, que ha de completar por fin algún día la grande obra de nuestra regeneración.

Borremos, pues, de nuestro lenguaje la humillante expresión que no nombra a ‹este país› sino para denigrarle; volvamos los ojos atrás, comparemos y nos creeremos héroes. Si alguna vez miramos adelante y nos comparamos con el extranjero, sea para prepararnos un porvenir mejor que el presente, y para rivalizar en nuestros adelantos con los de nuestros vecinos; sólo en este sentido repondremos nosotros en algunos de nuestros artículos el bien de fuera al mal de dentro.

Olvidemos, lo repetimos, esa funesta expresión que contribuye a aumentar la injusta desconfianza que de nuestras propias fuerzas tenemos. Hagamos más favor o gracia a nuestro país, y creámosle capaz de esfuerzos y felicidades. Cumpla cada español con sus deberes de gran patricio, y en vez de alimentar nuestra inacción con la expresión de desaliento: ‹¡Cosas de España!›, contribuya cada cual a las mejoras posibles. Entonces este país dejará de ser tan mal tratado de los extranjeros, a cuyo desprecio nada podemos oponer, si de él les damos nosotros el mismo vergonzoso ejemplo.

und zudem noch von solchen, die kein anderes Land kennen gelernt haben außer ihrem eigenen, das sie auf so ungerechte Weise heruntermachen, so kennt unsere Empörung keine Grenzen.

Heutzutage ist ‹unser Land› weniger denn je verachtenswürdig. Seit Jahren verdient sich unsere Regierung die Dankbarkeit ihrer Untertanen, weil sie vielen beachtlichen Ansätzen des Aufschwungs wohlwollend weitere Anreize vermittelt, was schließlich das große Werk unserer Erneuerung zum guten Gelingen führen muß.

Tilgen wir also aus unserer Sprache den demütigenden Ausdruck, der ‹unser Land› nur nennt, um es herabzuwürdigen; wenden wir unsern Blick rückwärts, vergleichen wir, und wir müssen uns als Helden vorkommen. Wenn wir hie und da vorwärts schauen und uns mit dem Ausland vergleichen, so müssen wir es tun, um eine bessere Zukunft für uns vorzubereiten, als es die Gegenwart ist, und um bei unsern Fortschritten mit unsern Nachbarn zu wetteifern; nur in diesem Sinn werden wir in unsern Artikeln das Gute in der Fremde dem Übel bei uns gegenüberstellen.

Vergessen wir, ich wiederhole, den unheilvollen Ausdruck, der das ungerechtfertigte Mißtrauen in unsere eigenen Kräfte nur noch vergrößert. Erweisen wir unserm Land einen bessern Dienst, und tun wir ihm den Gefallen, ihm Kraftanstrengungen und Glück zuzutrauen. Jeder Spanier möge seine Ehrenpflicht erfüllen, und anstatt unsere Tatenlosigkeit mit dem entmutigenden Ausdruck: ‹So ist eben Spanien!› zu nähren, trage jeder einzelne von uns zu möglichen Verbesserungen bei. Dann werden die Ausländer, deren Verachtung wir solange nichts entgegenzusetzen haben, als wir selbst das beschämende Beispiel geben, aufhören, unser Land so schlecht zu behandeln.

Ramón Mesonero Romanos
El alquiler de un cuarto

> Las riquezas no hacen rico, mas ocupado;
> no hacen señor, mas mayordomo.
>
> (Celestina)

A los que acostumbran a mirar las cosas sólo por la superficie, suele parecerles que no hay vida más descansada ni exenta de sinsabores que la de un propietario de Madrid. Envidiando su suerte, entienden que en aquel estado de bienaventuranza nada es capaz de alterar la tranquilidad de tan dichoso mortal, al cual (según ellos) bástale sólo saber las primeras reglas de la Aritmética para recibir puntualmente y a plazos periódicos y seguros el inagotable manantial de su propiedad. – «Si yo fuera propietario» (dicen estos tales), ¡qué vida tan regalona había de llevar! De los treinta días del mes, los veinte y nueve los pasaría alternando en toda clase de placeres, en el campo y en la ciudad, y sólo doce veces al año dedicaría algunas horas a recibir el tributo que mis arrendatarios llegarían a ofrecerme. – Tanto de éste, tanto del otro, cuanto del de más allá, suman tanto...; bien puedo descansar y divertirme, y reír por el día, y roncar por la noche, y compadecerme de la agitación del mercader, de la dependencia del empleado, del estudio del literato, y de la diligencia, y del médico, y del trabajo, en fin, que todas las carreras llevan consigo.»

Esto dicen los que no son propietarios: escuchemos ahora a los que lo son; – pero no los escuchemos, porque esto sería cuento de no acabar; – mirémosles solamente hojear de continuo sus libros de caja para ajustar a cada inquilino su respectivo debe y haber – (porque un propietario debe saber la teneduría de libros y estar enterado de la partida doble);

Ramón Mesonero Romanos
Ein Zimmer zu vermieten

> Reichtümer machen nicht reich, sondern bringen Arbeit; sie machen nicht zum Herrn, sondern zum Verwalter.
> (Celestina)

Leute, die es gewohnt sind, die Dinge nur oberflächlich zu betrachten, meinen im allgemeinen, es gebe kein geruhsameres und sorgenfreieres Leben, als es ein Hauseigentümer in Madrid führen kann. Sie beneiden ihn um sein Glück und glauben, daß in einem so gottbegnadeten Dasein nichts die Ruhe des vom Schicksal begünstigten Sterblichen stören kann, der nach ihrer Auffassung nur die Grundregeln der Arithmetik kennen muß, damit ihm pünktlich und in gesicherten regelmäßigen Abständen die unerschöpflichen Einkommensquellen aus seinem Besitz zufliessen. «Wenn ich ein Haus besäße», sagen dann solche Leute, «was für ein wonnevolles Leben könnte ich mir da leisten! Von den dreißig Tagen des Monats würde ich mir neunundzwanzig mit aller Art Kurzweil auf dem Land und in der Stadt vertreiben, und nur zwölfmal im Jahr müßte ich ein paar Stunden dafür aufwenden, die Zinsen entgegenzunehmen, die mir meine Mieter brächten. – So viel von diesem, so viel von jenem, so viel von jenem andern, ergibt zusammen so viel...; herrlich kann ich mich erholen und vergnügen, tagsüber lachen und nachts schnarchen, und kann Mitleid haben mit dem Gehetze des Händlers, mit der Abhängigkeit des Angestellten, mit dem Wissensdrang des Gelehrten, mit der Betriebsamkeit, mit dem Arzt, mit der Mühsal überhaupt, die jede Laufbahn verlangt.»

So reden Leute, die nicht Hausbesitzer sind: hören wir jetzt jenen zu, die es sind; – aber hören wir lieber nicht hin, denn das wäre eine endlose Geschichte; – schauen wir ihnen einfach zu, wie sie immerfort ihre Kassenbücher durchblättern, um das Soll und Haben eines jeden Mieters auf dem richtigen Stand zu halten (denn ein Hausbesitzer muß sich in der Buchhaltung auskennen und die doppelte Buchführung

– veámosles correr a su posesion, y llamar de una en otra puerta con aire sumiso y demandante, y recibir por toda respuesta un «No está el amo en casa.» – «Vuelva V. otro día.» – «Amigo, no me es posible; los tiempos ... ya ve V. cómo están los tiempos» – «Yo hace veinte días que no trabajo.» – «A mí me están debiendo ocho meses de mi viudedad.» – «Yo estoy en Enero.» – «Yo en Octubre de 25.» – Pues yo, señores míos (dice el propietario), estoy en Diciembre de 1840, para pagar adelantadas las contribuciones; con que, si VV. no me ayudan...

Otros la toman por diverso estilo ... – «Oiga V., señor casero, en esta casa no se puede vivir de chinches; es preciso que aquí ponga cielo raso.» – «Yo quiero que me blanquee V. el cuarto.» – «Yo, que me desatasque usted el común.» – «Yo, que me ensanche la cocina.» – «Yo, que me baje la buhardilla.»

Mirémosle, pues, regresar a su casa tan lleno el pecho de esperanzas como vacío el bolsillo de realidades, y dedicarse luego profundamente a la lectura del ‹Diario› y la ‹Gaceta› – (porque un propietario debe ser suscritor nato a ambos periódicos) para instruirse convenientemente de las disposiciones de la autoridad sobre policía urbana, y saber a punto fijo cuándo ha de revocar su fachadas, cuándo ha de blanquear sus puertas, cuándo ha de arreglar el pozo, cuándo ha de limpiar el tejado, o bien para estudiar los decretos concernientes a contribuciones ordinarias y extraordinarias, y calcular la parte de propiedad de que aún se le permite disponer. – Veámosle después consultar los libros forenses, la Novísima Recopilación y los autos acordados – (porque un propietario debe ser legista teórico y práctico), – con el objeto de entablar juicios de conciliación y demandas de despojo. Escuchémosle luego defender su derecho ante la autoridad – (porque el propieta-

beherrschen); – schauen wir ihnen zu, wie sie zu ihrem Besitztum eilen, an der einen und andern Tür untertänig und flehend anklopfen, um einzig die Antwort zu bekommen: «Die Herrschaften sind nicht zu Hause.» – «Kommen Sie später wieder.» – «Mein Herr, es ist mir nicht möglich; die Zeiten... Sie wissen ja, wie die Zeiten sind...» – «Seit drei Wochen bin ich schon ohne Arbeit.» – «Mir schuldet man schon seit acht Monaten die Witwenrente.» – «Ich bin im Januarloch.» – «Ich bin im Oktober 1825.» – «Also ich, meine Herrschaften», sagt der Hausbesitzer, «bin schon im Dezember 1840 mit der Vorauszahlung meiner Steuern; wenn Sie mir also nicht helfen...»

Andere packen es auf ganz andere Art an...: «Hören Sie, Herr Eigentümer, in diesem Haus kann man vor lauter Wanzen nicht wohnen; hier muß man eine glatte Decke einziehen.» – «Ich wünsche, daß Sie mir das Zimmer frisch tünchen lassen.» – «Ich, daß Sie mir den Abort ausschöpfen lassen.» – «Ich, daß Sie mir die Küche vergrößern.» – «Ich, daß Sie mir das Dachfenster tiefer setzen lassen.»

Schauen wir ihm nun zu, wie er mit Hoffnung in der Brust, aber in Wirklichkeit leerem Beutel heimkommt und sich in das ‹Diario› und die ‹Gaceta› vertieft (denn ein Hausbesitzer muß ein geborener Abonnent beider Zeitungen sein), um über alle obrigkeitlichen Verfügungen, welche die öffentliche Ordnung betreffen, gebührend unterrichtet zu sein und haargenau zu wissen, wann er die Fassade verputzen, wann er die Türen tünchen, wann er den Brunnenschacht, wann das Dach reinigen muß, oder dann um die Verordnungen über die ordentlichen und die außerordentlichen Steuern zu studieren, damit er den Teil seines Vermögens errechnen kann, der ihm zur Nutznießung verstattet bleibt. – Schauen wir ihm dann zu, wie er die Gesetzbücher zu Rate zieht, die neuesten Sammlungen und die einschlägigen Gerichtsurteile (denn ein Hausbesitzer muß gesetzeskundig sein, sowohl theoretisch als auch praktisch), um Schlichtungsverfahren und Ausweisungsbegehren einzuleiten. Hören wir ihm dann zu, wie er sein Recht vor den Behörden vertritt (denn ein Hausbesitzer muß auch ein ge-

rio debe también ser elocuente), – para convencerla de que el medianero debe dar otra salida a las aguas, o que el inquilino tiene que acudirle con el pago puntual de sus alquileres, cosa que, de puro desusada, ha llegado a ponerse en duda. Oigámosle más adelante dirimir las discordias de los vecinos sobre el farol que se rompió, el chico que tiró piedras a la ventana de la otra buhardilla, el perro que no deja dormir a la vecindad, el zapatero que se emborracha, la mujer del sastre que recibe al cortejo, el albañil que apalea a su consorte, el herrador que trabaja por la siesta, la vieja del entresuelo que protege a la juventud, el barbero que cortó la cuerda del pozo, y otros puntos de derecho intervecinal, para resolver sobre las cuales es preciso que el propietario tenga un espíritu conciliador, un alma grande, una capacidad electoral, una presencia majestuosa, actitudes académicas, sonora e imponente voz. –

Por último, veámosle entablar diálogos interesantes con el albañil y el carpintero, el vidriero y el solador; disputar sobre panderetes y bajadas, y crujías y solarones, y emplomados y rasillas, y nos convenceremos de que el propietario tiene que saber por principios todos aquellos oficios, y encerrar en su cabeza todo un diccionario tecnológico; y cuenta que esto no ha de salvarle de repartir por mitad con aquellos artífices el líquido producto de su propiedad.

Pero en ninguno de los casos arriba dichos ofrece tanto interés al espectador la situación de nuestro propietario, como en el acto solemne en que va a proceder a ‹el alquiler de un cuarto›.

Figurémonos un hombre de cuatro pies, aunque sustentándose ordinariamente en dos; frisando en la edad de medio siglo; rostro apacible, sereno y vigorizado por cierto rosicler... el rosicler que infunde una bolsa bien provista; los ojos vivos, como del

wandter Redner sein), um sie zu überzeugen, daß der Nachbar seine Abwasserleitung versetzen oder daß der Mieter den Zins pünktlich zahlen muß, etwas was so außer Gebrauch gekommen ist, daß es sogar in Frage gestellt wird. Hören wir ihn später einen Streit zwischen den Hausbewohnern schlichten wegen einer Laterne, die in Scherben ging, oder wegen eines Jungen, der Steine gegen das andere Dachfenster warf, oder des Hundes, der die ganze Nachbarschaft nicht schlafen läßt, oder des Schuhmachers, der sich einen Rausch antrinkt, oder der Schneidersfrau, die Männer empfängt, oder des Maurers, der seine Gattin verprügelt, oder des Schlossers, der in der Mittagszeit arbeitet, oder wegen der alten Frau, welche die Jugend in Schutz nimmt, oder des Barbiers, der das Seil am Ziehbrunnen durchschnitt, oder anderer rechtlicher Auseinandersetzungen zwischen Hausbewohnern; um bei solchen zwischennachbarlichen Streitereien zu vermitteln, braucht der Hauseigentümer ein friedfertiges Gemüt, unendliche Langmut, großes Unterscheidungsvermögen, eine würdevolle Erscheinung, geschliffene Umgangsformen, eine kräftige gebieterische Stimme. – Sehen wir ihn schließlich mit dem Maurer und dem Zimmermann, mit dem Glaser und dem Bodenleger Fachgespräche führen und über Trennwände und Ablaufrohre, Korridore und Bodenplatten, Bleifassungen und Hohlziegel verhandeln, so begreifen wir, daß der Hauseigentümer alle diese Handwerke von Grund auf kennen und ein ganzes Fachwörterbuch im Kopf haben muß; und das bewahrt ihn erst noch keineswegs davor, die Hälfte des flüssigen Ertrages aus seinem Eigentum unter diese Handwerker zu verteilen.

Aber keines der obengenannten Vorkommnisse bietet dem Zuschauer so viel Spannung wie die Lage des Hausbesitzers, wenn das feierliche Unternehmen vonstatten geht, das da heißt: ‹Ein Zimmer zu vermieten›.

Stellen wir uns einen Mann mit vier Beinen vor, obwohl er gewöhnlich nur auf zweien steht; er wird etwa ein halbes Jahrhundert alt sein; sein gutmütig heiteres Gesicht wirkt mit seiner zarten Rosafarbe tatkräftig und entschlossen ... solche Rosafarbe vermag ein gut gefüllter Beutel zu verlei-

que sabe estar alerta contra las seducciones y la estafas; las narices pronunciadas, como de un hombre que acostumbra a oler de lejos la falta de pecunia; la frente pequeña, señal de perseverancia; los labios gruesos y adelantado el inferior, en muestra de grosería y avaricia; las orejas anchas y mal conformadas, para ser sensibles a los encantos de la elocuencia; y amenizado el resto de su persona con un cuello toril en diámetro, y tan corto de talla, que la punta de la barba viene a herirle la paletilla; con unos hombros atléticos; con una espalda como una llanura de la Mancha; con unas piernas como dos guardacantones, y colocada sobre entrambas una protuberante barriga, como la muestra de un reloj sobre dos columnas, o como un caldero vuelto del reves y colgado en una espetera.

Envolvamos esta fementida estampa en siete varas de tela de algodón, cortada a manera de bata antigua; cubramos sus desmesurados pies con anchas pantuflas de paño guarnecidas de pieles de cabrito, y coloquemos sobre su cabeza un alto bonete de terciopelo azul, bordado de pájaros y de amapolas por las diligentes manos de la señora propietaria. – Coloquémosle, así ataviado, en una profunda silla de respaldo, con la que parece identificada su persona, según la gravedad con que en ella descansa; haya delante un espacioso bufete de forma antigua, profusamente adornado de legajos de papeles y títulos de pergamino; animales bronceados y frutas imitadas en piedra; manojos de llaves y padrones impresos; y ataviemos el resto del estudio con un reloj alemán de longanísima caja, un estante para libros, aunque vacío de ellos, dos figuras de yeso, unas cuantas sillas de Vitoria, y un plano de Madrid de colosales dimensiones. – Y ya imaginado todo esto, imaginémonos también que son las ocho de la mañana, y que nuestro casero, después de haber dado fin a sus dos onzas de chocolate, abre solemne-

hen; seine lebhaften Augen verraten, daß er gegen Versuchung und Betrug gefeit ist; seine ausgeprägten Nasenflügel zeigen, daß er gewöhnt ist, Geldmangel von weitem zu riechen; seine niedere Stirn weist auf Beharrlichkeit hin; seine dicken Lippen und vor allem seine vorstehende Unterlippe sind Zeichen von Grobheit und Geiz; seine großen unförmigen Ohren spüren jeden noch so feinen Zauber der Überredungskunst auf; verschönert wird seine übrige Gestalt von einem Hals mit den Ausmaßen eines Stiernackens, der dazu noch so kurz ist, daß die Spitze des Kinns die Halsgrube berührt; seine Schultern sind athletisch breit, und sein Rücken ist so flach wie eine Ebene in der Mancha; seine Beine sind wie Prellsteine, und über beiden wölbt sich ein mächtiger Bauch – es sieht aus wie ein Uhrgehäuse auf zwei Säulen oder wie eine umgekehrte Heizpfanne am Haken des Küchenbretts.

Hüllen wir nun dieses Zerrbild in sieben Ellen Baumwolltuch, das zu einem altertümlichen Hausrock geschneidert ist; stecken wir seine Riesenfüße in weite, mit Ziegenfell verbrämte Filzpantoffeln, und stülpen wir ihm eine hohe blaue Samtmütze aufs Haupt, welche die geschickten Hände der Hausbesitzersfrau mit Vögeln und Mohnblumen bestickt hat. –

Setzen wir ihn so herausgeputzt in einen tiefen Lehnstuhl, mit dem er in Anbetracht des darin ruhenden Gewichtes ganz verwachsen scheint; davor stehe ein altertümliches geräumiges Schreibpult, das mit zusammengeschnürten Papierbündeln und Pergamentdokumenten, mit Bronzetieren und naturgetreuen steinernen Früchten, mit Schlüsselbunden und Formularen dicht belegt ist; statten wir das Arbeitszimmer weiter noch mit einer sehr hohen deutschen Standuhr aus, dazu mit einem – allerdings leeren – Büchergestell, zwei Gipsfiguren, einigen baskischen Stühlen und einem riesigen Stadtplan von Madrid. – Nachdem wir uns das alles nun vorgestellt haben, stellen wir uns dazu noch vor, daß es acht Uhr morgens ist, daß unser Hausherr seine zwei Unzen Schokolade genossen hat und nun feierlich seinen Audienzraum öffnet, um die Bittsteller ein-

mente su audiencia a los postulantes que van entrando en demanda de la habitación desalquilada.

— Buenos días, señor administrador.

— Dueño, para servir a V.

— Por muchos años.

— ¿En qué puedo servir a V.?

— En poca cosa. Yo, señor dueño, acabo de ver una habitacion perteneciente a una casa de V. en la calle de .. y si fuera posible que nos arreglásemos, acaso podría convenirme dicha habitación.

— Yo tendría en ello un singular honor. ¿Ha visto V. el cuarto? ¿Le han instruido a V. de las condiciones?

— Pues ahí voy, señor casero; yo soy un hombre que no gusta de regatear; pero habiéndome dicho que el precio es de diez reales diarios, paréceme que no estaría de más el ofrecer a V. seis con las garantías necesarias.

— Conócese que V. gusta de ponerse en la razón; pero, como cada uno tiene las suyas, a mí no me faltan para haber puesto ese precio a la habitación.

— Pero ya V. se hace cargo de la calle en que está; si fuera siquiera en la de Carretas...

— Entonces probablemente la hubiera puesto en quince reales.

— Luego la sala es pequeña y con sólo un gabinete; si tuviera dos...

— Valdría ciertamente dos reales más.

— La cocina oscura y...

— Es lástima que no sea clara, proque entonces hubiera llegado al duro.

— El despacho es pequeño, y los pasillos...

— En suma, señor mío, yo, por desgracia, sólo puedo ofrecer a V. el cuarto tal cual es, y como antes dijo que le acomodaba...

— Sí; pero el precio...

— El precio es el último que ha rentado.

— Mas ya V. ve, las circunstancias han cambiado.

zulassen, die sich wegen des leerstehenden Zimmers herbemühen.

«Guten Tag, Herr Verwalter.»

«Besitzer, zu Ihren Diensten.»

«Noch viele Jahre seien Ihnen vergönnt.»

«Womit kann ich Ihnen dienen?»

«Mit einer Kleinigkeit. Ich habe soeben, verehrter Herr Besitzer, an der ...-Straße ein Zimmer gesehen, in einem Haus von Ihnen; wenn es möglich wäre, daß wir uns einigen würde mir das erwähnte Zimmer vielleicht zusagen.»

«Es würde mir eine große Ehre bedeuten. Haben Sie das Zimmer gesehen? Hat man Sie über die Bedingungen ins Bild gesetzt?»

«Darauf will ich hinaus, Herr Besitzer; ich gehöre zu den Leuten, die nicht gerne handeln; aber nachdem mir gesagt worden ist, daß die Miete zehn Reales im Tag beträgt, scheint es mir, es wäre angemessen, Ihnen sechs mit den nötigen Garantien zu bieten.»

«Man merkt, daß Ihnen an einer vernünftigen Übereinkunft gelegen ist; aber wie jeder seine Gründe hat, so habe ich die meinen, warum ich den Preis so festgesetzt habe.»

«Aber Sie werden doch berücksichtigen, wo das Haus steht; wenn es wenigstens an der Carretas-Straße wäre...»

«Dann hätte ich den Preis vermutlich auf fünfzehn Reales angesetzt.»

«Außerdem ist das Zimmer klein, und es hat nur einen Nebenraum; wenn es wenigstens zwei wären...»

«Dann würde es sicher zwei Reales mehr kosten.»

«Die Küche ist dunkel und...»

«Es ist schade, daß sie nicht hell ist, denn dann käme die Miete auf einen Duro zu stehen.»

«Das Arbeitszimmer ist klein, und die Flure...»

«Alles in allem, mein Herr, ich kann Ihnen leider das Zimmer nur so vermieten, wie es ist, und da Sie vorher erwähnt haben, daß es Ihnen zusage...»

«Ja, aber der Preis...»

«Der Preis ist der, den der letzte Mieter gezahlt hat.»

«Aber Sie sehen ja, die Verhältnisse haben sich geändert.»

— Las casas no.

— Los sueldos se han disminuido.

— Las contribuciones se aumentan.

— Los negocios están parados.

— Los albañiles marchan.

— ¿Con que, es decir que no nos arreglamos?

— Imposible.

— Dios guarde a V.

— Dios guarde a V... Entre V., señora.

— Beso a V. la mano.

— Y yo a V. los piés.

— Yo soy una señora viuda de un capitán de fragata.

— Muy señora mía; mal hizo el capitán en dejarla a usted tan joven y sin arrimo en este mundo pecador.

— Sí, señor; el pobrecito marchó a Cádiz para dar la vuelta al mundo, y sin duda hubo de darla por el otro, porque no ha vuelto.

— Todavía no es tarde... ¿Y V., señora mía, trata de esperarle en Madrid, por lo visto?

— Sí, señor; aquí tengo varios parientes de distinción, el Conde del Cierzo, la Marquesa de las Siete Cabrillas, el Barón del Capricornio, y otros varios personajes, que no podrán menos de ser conocidos de V.

— Señora, por desgracia soy muy terrestre y no me trato con esa corte celestial.

— Pues, como digo a V., mi prima la Marquesa y yo hemos visto el cuarto desalquilado, y, lo que ella dice, para ti, que eres una persona sola, sin más que cinco criados... aunque la casa no sea gran cosa...

— Y el precio, señora, ¿qué le ha parecido a mi señora la Marquesa?

— El precio será el que V. guste; por eso no hemos de regañar.

— Supongo que V., señora, no llevará a mal que la entere, como forastera, de los usos de la corte.

«Die Häuser nicht.»

«Die Löhne sind gefallen.»

«Die Steuern steigen.»

«Die Geschäfte stocken.»

«Die Maurer machen ihr Geschäft.»

«Das heißt also, daß wir nicht übereinkommen?»

«Unmöglich.»

«Gott behüte Sie.»

«Gott behüte Sie... Treten Sie ein, gnädige Frau.»

«Ich küsse Ihre Hand.»

«Und ich Ihre Füße.»

«Ich bin die Witwe eines Fregattenkapitäns.»

«Gnädige Frau, der Herr Kapitän hat nicht recht daran getan, Sie so jung und schutzlos in dieser sündigen Welt zurückzulassen.»

«Ja, Herr, mein lieber Gemahl begab sich nach Cádiz, um die Welt zu umsegeln, aber bestimmt ist er in die andere Welt gesegelt, denn er ist nie zurückgekehrt.»

«Es ist noch nicht zu spät... Und Sie, gnädige Frau, wollen offenbar in Madrid auf ihn warten?»

«Ja, Herr, hier habe ich verschiedene Verwandte von Stand, den Grafen von der Bise, die Herzogin vom Siebengestirn, den Baron von Steinbock und weitere Persönlichkeiten, die Ihnen nicht unbekannt sein dürften.»

«Gnädige Frau, leider bin ich sehr bodenständig und verkehre nicht mit diesem himmlischen Hofstaat.»

«Nun, wie ich Ihnen sage, haben meine Cousine, die Gräfin, und ich gesehen, daß das Zimmer zu vermieten ist, und wie sie richtig sagt, ‹für dich als alleinstehende Person mit nur fünf Dienstboten...› obwohl das Haus nichts Besonderes ist...»

«Und der Mietzins, gnädige Frau? Was meint die Frau Gräfin dazu?»

«Die Miete setzen Sie ganz nach Ihrem Gutdünken fest; deswegen werden wir nicht streiten.»

«Ich nehme an, daß Sie, gnädige Frau, als Fremde hier es mir nicht übel nehmen, wenn ich Sie mit den Gepflogenheiten der Residenzstadt vertraut mache.»

—Nada de eso, no, señor; yo me presto a todo... a todo lo que se use en la corte.

—Pues, señora, en casos tales, cuando uno no tiene el honor de conocer a las personas con quien habla, suele exigirse una fianza, y...

—¿Habla V. de veras? ¿Y yo, yo, doña Mencía Quiñones, Rivadeneira, Zúñiga de Morón, había de ir a pedir fianzas a nadie? ¿Y para qué? ¿Para una fruslería como quien dice, para una habitacioncilla de seis al cuarto, que cabe en el palomar de mi casa de campo de Chiclana? Como soy, señor casero, que eso pasa ya de incivilidad y grosería, y siento haber venido sola y no haberme hecho acompañar siquiera por mi primo el freire de Alcántara, para dar a conocer a V. quién yo era.

—Pues, señora, si V., a Dios gracias, se halla colocada en tan elevada esfera, ¿qué trabajo puede costarle el hacer que cualquiera de esos señores parientes salga por usted?

—Ninguno; y a decir verdad, no desearían más que poder hacerme un favor; pero...

—Pues bien, señora, propóngalo V. y verá cómo no lo extrañan; y por lo demás, supuesto que V. es una señora sola...

—Sola, absolutamente; pero si V. gusta de hacer el recibo a nombre del caballero que vendrá a hablarle, que es hermano de mi difunto, y suele vivir en mi casa las temporadas que está su regimiento de guarnición...

—¡Ay, señora! pues entonces me parece que la casa no le conviene, porque, como no hay habitaciones independientes... luego tantos criados...

—Diré a V.; los criados pienso repartirlos entre mis parientes, y quedarme sola con una niña de doce años.

—Pues entonces ya es demasiada la casa, y aún paréceme, señora, que la conversación también.

A este punto llegaban de ella, cuando entra el

«Gar nicht, mein Herr, ganz und gar nicht; ich bin mit allem einverstanden ... mit allem, was am Hof Brauch ist.»

«Nun, in Fällen also, gnädige Frau, da man nicht die Ehre hat, die Personen zu kennen, mit denen man spricht, ist es üblich, einen Bürgen zu verlangen und...»

«Reden Sie im Ernst? Ich, Doña Mencía Quiñones, Rivadeneira, Zúñiga de Morón, ich sollte einen Bürgen stellen? Wofür denn eigentlich? Für eine Lappalie, wie man so sagt, für ein dürftiges Kämmerchen, das im Taubenschlag meines Landhauses in Chiclana Platz hat? Bei meinem Stand, Herr Hausbesitzer, ist es schon mehr als unhöflich und grob, und ich bedaure, daß ich allein gekommen bin und mich nicht wenigstens von meinem Cousin, dem Ordensbruder von Alcántara habe begleiten lassen, um Ihnen zu erkennen zu geben, wer ich bin.»

«Nun, gnädige Frau, wenn es Ihnen vergönnt ist, in so erlesenen Kreisen zu verkehren, welche Mühe kostet es Sie dann, einen der hohen Herren für Sie bürgen zu lassen?»

«Überhaupt keine, und um die Wahrheit zu sagen: sie wünschen nichts sehnlicher, als mir einen Gefallen zu tun, aber...»

«Also gut, gnädige Frau, machen Sie den Vorschlag, und Sie werden sehen, daß sie nichts Befremdliches daran finden; und im übrigen ... da Sie eine alleinstehende Frau sind...»

«Allein, ganz und gar allein; aber wenn Sie so freundlich wären, den Mietvertrag auf den Namen des Herrn auszustellen, der bei Ihnen vorsprechen wird ... er ist der Bruder meines verstorbenen Gatten und wird bei mir wohnen, solange sein Regiment in Garnison liegt...»

«Ach, gnädige Frau, in diesem Fall glaube ich nicht, daß das Haus sich für Sie eignet, denn da die Zimmer nicht abgetrennt sind ... und dann die vielen Bediensteten...»

«Dazu kann ich Ihnen sagen: die Bediensteten werde ich bei meinen Verwandten unterbringen und nur mit einem zwölfjährigen Mädchen hier wohnen.»

«In diesem Fall erübrigt sich das Haus für Sie, gnädige Frau, und das weitere Gespräch ebenfalls.»

Kaum ist die Unterredung an diesem Punkt angelangt,

criado con una esquela de un amigo, rogando a nuestro casero que no comprometiera su palabra, y reservase el cuarto para unos señores que iban a llegar a Madrid; con esta salvaguardia, el propietario despacha a la viudita; pero sigue recibiendo a los que vienen después; entre ellos, un empleado de quien el diestro propietario se informa cuidadosamente sobre el estado de las pagas, y compadeciéndose con el mayor interés de que todavía le tuviesen en Enero, le despacha con la mayor cordialidad; después acierta a entrar un militar, que con aire de campaña reclama la preferencia, y a las razones del casero responde con amenazas; de suerte que éste hace la resolución de no alquilarle el cuarto por no tener que sostener un desafío mensual; más adelante entra un hombre de siniestro aspecto y asendereada catadura, que dice ser agente de negocios y vivir en un cuarto cuarto (vulgo buhardilla); después entra una vieja que quiere la habitación para subarrendarla en detalle a cinco guardias de corps; más adelante entra un perfumado caballero, que lo pide para una joven huérfana, y se promete a salir por fiador de ella, y aún a poner a su nombre el recibo; más allá se presenta otra señora, acompañada de dos hermosas hijas, que arrastran blondas y rasos, y cubren sus cabezas con elegantes sombrerillos, y tocan el piano, según parece, y bailan que es un primor; – «y tan virtuosas y trabajadoras las pobrecitas (dice la mamá), que todo esto que V. ve lo adquieren con su trabajo, y nada nos falta, bendito Dios.»

– Él, señora, premia la laboriosidad y protege la inocencia ... mas, sin embargo, siento decirlas que el cuarto no puede ser para VV.

Estando en esto vuelve el criado a decir que el amigo que quería el cuarto ya no le quiere, porque a los señores para quien era no les ha gustado; – que la otra señora que se convenía a todo, tampoco,

kommt ein Diener mit der Visitenkarte eines Freundes herein, worin er unsern Hausherrn bittet, keine Zusagen zu machen und das Zimmer für Herrschaften freizuhalten, die nächstens in Madrid erwartet würden; mit dieser Gewähr in der Hand fertigt der Hausbesitzer die Witwe ab; aber er empfängt die Leute, die nach ihr kommen; unter ihnen ist ein Büroangestellter, bei dem sich der gewiegte Hausbesitzer sorgfältig nach den Lohnzahlungen erkundigt, und nachdem er ihm seine bedauernde Anteilnahme ausgedrückt hat, weil sie seit Januar im Rückstand seien, verabschiedet er ihn mit großer Herzlichkeit; später gelingt einem Berufssoldaten der Zutritt, der mit Feldherrnmiene Bevorzugung beansprucht und auf die Einwände des Hausherrn mit Drohungen antwortet, worauf dieser beschließt, ihm das Zimmer nicht zu vermieten, um nicht monatlich einen Zweikampf austragen zu müssen; später kommt ein Herr mit finsterem Aussehen und verängstigtem Blick herein, der sich als Geschäftsführer ausgibt und sagt, er wohne in einem vierten Oberstock (in der Alltagssprache Dachkammer); dann kommt eine alte Frau herein, die das Zimmer an fünf Palastwächter weitervermieten will; dann meldet sich ein parfümierter Herr, der es für ein Waisenmädchen mieten will, und verspricht, für sie zu bürgen, ja sogar den Vertrag auf seinen Namen ausstellen zu lassen; dann erscheint noch eine Frau in Begleitung ihrer beiden schönen Töchter, die mit Seidenspitzen und Satinrüschen behangen sind und ihre Köpfe mit eleganten Hütchen bedeckt haben und angeblich Klavier spielen und tanzen können, daß es eine Freude ist, «und die Kindchen sind so züchtig und fleißig», sagt die Mutter, «daß sie alles, was Sie hier sehen, mit ihrer Arbeit erstehen können, und es fehlt uns Gott sei Dank an nichts.»

«Er, meine Dame, belohnt den Fleiß und schützt die Unschuld ... aber trotzdem muß ich Ihnen zu meinem Bedauern sagen, daß Sie das Zimmer nicht bekommen können.»

In diesem Augenblick kommt der Diener wieder und richtet aus, daß der Freund, der das Zimmer haben wollte, es nun nicht mehr braucht, weil es den Herrschaften, für die es bestimmt war, nicht gefallen hat; – daß die andere Dame, die mit allem

porque desqués ha reparado que no cabe el piano en el gabinete; – que el militar ha quitado los papeles, y dice que el cuarto es suyo, quiera o no quiera el casero; – que el llamado agente de negocios, al tiempo que lo vio, se llevó de paso ocho vidrios de una ventana, cuatro llaves y los hierros de la hornilla; – que dos manolas que lo habían visto, habían pintado con carbón un figurón harto obsceno en el gabinete; – que unos muchachos habían roto las persianas y atascado el común; – y por último (y era el golpe fatal para nuestro casero), que una amiga, a quien nada podía negar, quería el cuarto, pero con la condición de empapelarlo todo, y abrir puertas en los tabiques, y poner tabiques en las puertas, y ensolarlo de azul y blanco, y blanquear la escalera, y poner chimenea en el gabinete... En punto a fiadores, daba sólo sus bellos ojos, harto abonados y conocidos de nuestro Quasimodo; y en cuanto al precio, sólo quedaba sobreentendida una condición, a saber: que fuere éste el que quisiera, el casero no se lo había de pedir, pero ella tampoco se lo había de pagar.

Así concluyó este alquiler, sin más ulteriores resultados que una escena de celosía entre el casero y su esposa, una multa de diez ducados por no haber dado el padrón al alcalde a su debido tiempo, y un blanco de algunas páginas en su libro de caja, por aquella parte que se refería a la habitacion arriba dicha.

einverstanden war, es auch nicht will, denn nachher hat sich gezeigt, daß das Klavier im Nebenraum keinen Platz hätte; – daß der Berufssoldat die Tapeten von den Wänden gerissen und behauptet hat, das Zimmer gehöre ihm, ob es dem Hausbesitzer passe oder nicht; – daß der sogenannte Geschäftsführer bei der Besichtigung so nebenbei noch acht Butzenscheiben aus einem Fenster, vier Schlüssel und die Eiseneinsätze im Herd mitgenommen hat; daß zwei Straßenmädchen, die es angeschaut hatten, mit Kohle eine reichlich anstößige Figur im Nebenraum an die Wand gezeichnet hatten; – daß einige junge Burschen die Fensterläden weggerissen und den Abort verstopft hatten; – und schließlich (das war der Todesstoß für unsern Hausbesitzer), daß eine Freundin, der er keine Bitte abschlagen konnte, das Zimmer wollte, aber unter der Bedingung, daß er es neu tapezieren, daß er Türöffnungen in die Trennwände schlagen und bestehende Türen zumauern, neue Bodenfliesen in Blau und Weiß legen, die Treppe tünchen, einen Kamin im Nebenraum einbauen lasse ... Als Bürgschaft biete sie nur ihre schönen Augen an (die unser Quasimodo nur zu gut kannte und teuer genug bezahlte); der Preis knüpfe sich an eine ganz selbstverständliche Bedingung: er könne so hoch sein, wie er wolle, der Hausherr brauche ihn ihr aber nicht abzufordern, sie werde ihn ohnehin nicht bezahlen.

So endete diese Vermietung ohne weitere Ergebnisse als eine Eifersuchtsszene zwischen dem Hausherrn und seiner Gattin, einer Buße von zehn Dukaten, weil er dem Bürgermeister das Meldeblatt zu spät eingereicht hatte, und ein paar leeren Seiten in seinem Kassenbuch beim Abschnitt, der obengenanntes Zimmer betraf.

Angel de Saavedra, duque de Rivas
El hospedador de provincia

¿Quién podrá imaginar que el hombre acomodado que vive en una ciudad de provincia o en un pueblo de alguna consideración, y que se complace en alojar y obsequiar en su casa a los transeúntes que le van recomendados o con quienes tiene relación, es un tipo de la sociedad española, y un tipo que apenas ha padecido la más ligera alteración en el trastorno general, que no ha dejado títere con cabeza? Pues sí, pío lector: ese benévolo personaje que se ejercita en practicar la recomendable virtud de la hospitalidad, y a quien llamaremos el hospedador de provincia, es una planta indígena de nuestro suelo que se conserva inalterable, y que vamos a procurar describir con la ayuda de Dios.

Recomendable virtud hemos llamado a la hospitalidad, y recomendada la vemos en el catálogo de las obras de misericordia, siendo una de ellas dar posada al peregrino, y otra dar de comer al hambriento. Esto basta para que el que en ellas se ejercite cumpla con un deber de la humanidad y de la religión, y desde este punto de vista no podemos menos de tributar los debidos elogios al hospedador de provincia. Pero, ¡ay! que si a veces es un representante de la providencia, es más comúnmente un cruel y atormentador verdugo del fatigado viajero, una calamidad del transeúnte, un ente vitando para el caminante. Y lo que es yo, pecador, que escribo estos renglones, quisiera cuando voy de viaje pasar antes la noche al raso o

> *en un pastoril albergue*
> *que la guerra entre unos robles*
> *lo olvidó por escondido*
> *o lo perdonó por pobre*

Angel de Saavedra, duque de Rivas
Der Gastfreund auf dem Lande

Wer kann sich vorstellen, daß der wohlhabende Mann, der in einer Provinzstadt oder in einem Dorf von einiger Bedeutung wohnt und Freude daran hat, in seinem Haus Durchreisende zu beherbergen und zu beschenken, die ihm empfohlen worden sind oder mit denen er Umgang pflegt, eine Gestalt der spanischen Gesellschaft ist, die selbst im allgemeinen Umsturz, als kein Stein auf dem andern blieb, kaum irgendwelche auch noch so geringfügige Veränderung erfahren hat? Und doch, frommer Leser: diese wohltätige Gestalt, die sich in der lobenswerten Tugend der Gastfreundschaft übt und die wir ‹Gastfreund auf dem Lande› nennen wollen, ist ein Gewächs unseres einheimischen Bodens, das sich unverändert erhalten hat und das wir mit der Hilfe Gottes zu beschreiben versuchen.

Eine lobenswerte Tugend haben wir die Gastfreundschaft genannt, und aufgeführt finden wir sie in der Liste der Werke der Barmherzigkeit, deren eine das Beherbergen von Obdachlosen ist, eine andere das Speisen von Hungrigen. Das genügt, daß einer, der sich darin übt, ein Gebot der Menschlichkeit und Gottesfurcht erfüllt, und von diesem Gesichtspunkt aus können wir nicht umhin, dem Gastfreund auf dem Lande die gebührenden Huldigungen zu zollen. Aber ach! wenn er sich auch bisweilen als Abgesandter der Vorsehung erweist, ist er doch gemeinhin ein grausam quälender Folterknecht für den müden Reisenden, ein Unglück für jeden, der unterwegs ist, ein Kauz, dem es auszuweichen gilt. Was mich armen Sünder betrifft, der ich diese Zeilen schreibe, möchte ich auf Reisen lieber die Nacht im Freien verbringen oder

> *in einem Unterstand für Hirten,*
> *den im Eichenwald versteckt*
> *der Krieg vergaß oder*
> *als zu karg verschonte*

que en la casa de un hacendado de lugar, de un caballero de provincia o de un antiguo empleado que haya tenido bastante maña o fortuna para perpetuarse en el rincón de una administración de rentas o de una contaduría subalterna.

Virtud cristiana y recomendada por el catecismo es la hospitalidad, pero virtud propia de los pueblos donde la civilización ha hecho escasos progresos. Así se ve que los países semisalvajes son los más hospitalarios del mundo, y se sabe que en la infancia de las sociedades la hospitalidad era no sólo una virtud eminente, sino un deber religioso, indeclinable, y de que nacían vínculos indisolubles entre los individuos, entre las familias y entre los pueblos.

La hospitalidad de los españoles en los remotos siglos está consignada en las historias, es proverbial; y que no han perdido calidad tan eminente, y que la ejercitan con las modificaciones, empero, que exigen los tiempos en que vivimos, es notorio, pues que los que la practican merecen con justa razón ser considerados cual tipos peculiares de nuestra sociedad, como verá el lector benévolo que tenga la paciencia de concluir este artículo. Artículo que nos apresuramos a escribir, porque pronto la facilidad de las comunicaciones, la rapidez de ellas, lo que crecen los medios de verificarles y el aumento y comodidad que van tomando las posadas, paradores y fondas en todos los caminos de España, disminuirán notablemente el número de hospedadores de provincia, o burlarán su vigilancia e inutilizarán su bienintencionada índole, o modificarán su cristiana y filantrópica propensión, hasta el punto de confundirlos con la multitud que ve ya con indiferencia, por la fuerza de la costumbre, atravesar una y otra rápida, aunque pesada y colosal diligencia por las calles de un pueblo, o hacer alto un convoy de cuarenta galeras en el parador de la plaza de su lugar.

als im Haus eines ortsansässigen Reichen oder eines Landadligen oder eines ehemaligen höheren Beamten, der es mit dem nötigen Geschick oder Glück fertiggebracht hat, auf Lebenszeit in der Nische einer Rentenverwaltung oder unbedeutenden Buchhaltung zu verbleiben.

Eine christliche und im Katechismus gepriesene Tugend ist die Gastfreundschaft, aber geübt wird sie vor allem in Ländern, wo die Zivilisation noch keine großen Fortschritte gemacht hat. So kann man beobachten, daß die halbwilden Völker die gastfreundlichsten der Welt sind, und es ist bekannt, daß in jungen Gemeinschaften die Gastfreundschaft nicht nur eine erhabene Tugend, sondern eine unumgängliche religiöse Pflicht war, aus der unauflösliche Bande zwischen einzelnen Menschen, zwischen Familien und zwischen ganzen Völkern erwuchsen.

Die Gastfreundschaft der Spanier in früheren Jahrhunderten ist geschichtlich verbürgt, sie ist sprichwörtlich; daß diese so löbliche Eigenart nicht verloren gegangen ist und – allerdings mit den erforderlichen Anpassungen an die Zeit, in der wir leben – weiterhin gepflegt wird, ist augenscheinlich; somit verdienen es die Leute, die sich darin üben, mit guten Gründen als eine besondere Menschengruppe innerhalb unserer Gesellschaft betrachtet zu werden, wie der geneigte Leser feststellen wird, der die Geduld aufbringt, diesen Artikel fertig zu lesen, den zu schreiben wir uns beeilen, denn bald werden die leichteren und schnelleren Verbindungen und die geräumigeren Verkehrsmittel, sowie die wachsende Zahl und die Bequemlichkeit der Unterkünfte, Herbergen und Gasthäuser an allen Straßen Spaniens die Anzahl der Gastfreunde auf dem Lande merklich verringern oder ihre erfolglose Wachsamkeit lächerlich und ihre wohlmeinende Absicht überflüssig machen oder ihre christliche und menschenfreundliche Neigung so sehr verändern, daß sie in der Menschenmenge aufgehen, die durch die Macht der Gewohnheit schon abgestumpft zusieht, wie die trotz ihrer Schwere und Größe schnellen Kutschen eine nach der andern durch das Dorf fahren oder wie ein Konvoi von vierzig Wagen vor dem Gasthaus am Dorfplatz Halt macht.

El tipo, pues, de que nos ocupamos es conocidísimo de todos mis lectores que hayan viajado, ya hace cuarenta años, en coche de colleras o en silla de posta con compañero a partir gastos, ya ahora en diligencia, en galera o a caballo, agregados al arriero. Porque ¿cuál de ellos en uno u otro pueblo del tránsito no habrá encontrado uno de estos tales, que andan en acecho de viajeros y en espera de caminantes para obsequiarlos? ¿Cuál de ellos no habrá sido portador de una de esas cartas de recomendación, que como a nadie se niegan, se le dan a todo el mundo? ¿Cuál de ellos, en fin, o por su particular importanica o por sus relaciones en el país que haya atravesado, no habrá tenido un obsequiador? Sí; el hospedador de privincia es conocido por todos los españoles y por cuantos extranjeros han viajado en España.

Va uno en diligenica a Sevilla a despedir a un tío que se embarca para Filipinas, o a Granada, a comprar una acción de minas, o a Valladolid, o a Zaragoza a lo que le da la gana, y tiene que hacer los forzosos altos y paradas para comer y reposar. Y he aquí que apenas sale entumecido de la góndola, y maldiciendo el calor o el frío, el polvo o el barro, y deseando llenar la panza de cualquier cosa y tender la raspa en cualquier parte las tres o cuatro horas que sólo se conceden al preciso descanso, se presenta en la posada el hospedador solícito que, al cruzar el coche, conoció al viajero o que tuvo previo aviso de su llegada, o porque el viajero mismo cometió la imprudencia de pronunciar su nombre al llegar al parador, o porque hizo la sandez de hacer uso de la carta de recomendación que le dieron para aquel pueblo. Advertido, en fin, de un modo u otro, llega, pues, el hospedador, hombre de más de cuarenta años, padre de familia y persona bien acomodada en la provincia, preguntando al posadero por el señor D. F., que viene de tal parte y va a

Die Gestalt also, mit der wir uns beschäftigen, ist allen meinen Lesern wohlbekannt, ob sie vor bereits vierzig Jahren in Zweispännern gereist sind oder, um Kosten zu sparen, mit jemandem zusammen in Zweierkutschen, oder ob sie heute in Sechssitzern oder noch größeren Wagen reisen oder zu Pferd sich einem Maultiertreiber anschließen. Wer von ihnen hat nicht schon in diesem oder jenem Dorf unterwegs Leute herumstehen sehen, die auf Reisende lauern und auf Wanderer warten, um sie zu beglücken? Wer hat nicht schon ein Empfehlungsschreiben bei sich getragen, wie es jeder mitbekommt, weil es keinem verweigert werden kann? Wer schließlich hat denn nicht, sei es wegen der besonderen Bedeutung seiner Person oder wegen seiner Beziehungen in dem Land, das er durchreist, einen ‹Wohltäter› gehabt? Ja, der Gastfreund auf dem Lande ist allen Spaniern und allen Ausländern, die Spanien bereist haben, bestens bekannt.

Fährt jemand mit der Postkutsche nach Sevilla, um einen Onkel zu verabschieden, der sich nach den Philippinischen Inseln einschifft, oder nach Granada, um eine Minenaktie zu kaufen, oder nach Valladolid oder nach Zaragoza, weswegen auch immer, muß er notgedrungen Pausen zum Essen und zum Ausruhen einlegen. Da geschieht es dann, kaum steigt er benommen aus der ‹Gondel›, schimpft über die Hitze oder die Kälte, den Staub oder den Morast und wünscht sehnlich, in den knappen drei oder vier Stunden, die für diesen Aufenthalt vorgesehen sind, etwas in den Bauch zu stopfen und irgendwo die Glieder zu strecken, daß im Wirtshaus der beflissene Gastfreund auftaucht; beim Vorbeifahren der Kutsche hat er den Reisenden erkannt, oder er hat Nachricht von seiner Ankunft erhalten, oder der Reisende hat selbst die Unvorsichtigkeit begangen, beim Anhalten seinen Namen zu nennen, oder die Dummheit, von seinem Empfehlungsschreiben Gebrauch zu machen, das er für diesen Ort mitbekommen hat. So oder anders ins Bild gesetzt, kommt also der Gastfreund, ein Familienvater von gut vierzig Jahren und für diese Gegend wohlhabend, und fragt nach Herrn D. F., der von da und da kommt und dahin oder dorthin fährt. Der Wirt fragt den Kutscher, dieser gibt die verlangte Auskunft und beeilt

tal otra. El posadero pregunta al mayoral y éste da las señas que se le piden, y corre a avisar al viajero que un caballero amigo suyo desea verlo. Sale al corredor o al patio el cuitado viajero, despeluznado, sucio, hambriento, fatigado, con la barba enmarañada si es joven y la deja crecida, o con ella blanquecina y de una línea de larga si es maduro y se la afeita, con la melena aborrascada si es que la tiene, o con la calva al aire si es que se la oculta y esconde artísticamente, o con la peluca torcida si acaso con ella abriga su completa desnudez, y lleno de polvo si es verano, y de lodo si es invierno, y siempre mustio, legañoso e impresentable.

Y se halla frente a frente con el hospedador, vestido de toda etiqueta con el frac que le hicieron en Madrid diez años atrás, cuando fue a la jura, que se conserva con el mismo lustre con que los sacó de la tienda, y con un chaleco de piqué que le hizo Chasserau cuando vino el duque de Angulema, y un cordón de abalorio al cuello y alfiler de diamantes al pecho y guantes de nuditos; en fin, lo más elegante y atildado que ha podido ponerse, formando un notable antítesis con el desaliño y negligente traje del viajero.

No se conocen, pero se abrazan, y en seguida el hospedador agarra del brazo al viajero y le dice con imperioso tono: «Venga, señor don Fulano, a honrarme y a tomar posesión de su casa». El viajero le da gracias cortésmente y le manifiesta que está rendido, que está impresentable, que no se detiene la diligencia más que cuatro horas; pero el hospedador no suelta presa, y después de apurar todas las frases más obligatorias y de prohibir al posadero que dé a su huésped el más mínimo auxilio, se lo lleva trompicando por las mal empedradas calles del lugar a su casa, donde ya reina la mayor agitación preparando el recibimiento del obsequiado.

sich, dem Reisenden mitzuteilen, ein befreundeter Herr wünsche ihn zu sehen. Der bedauernswerte Reisende geht auf den Flur oder den Hof hinaus, er sieht grausig aus, ist schmutzig, hungrig, müde, sein Bart ein wirres Durcheinander, falls er jung ist und ihn wachsen läßt, fingerlange bleiche Strähnen hingegen, falls er schon älter ist und sich gewöhnlich rasiert; seine Mähne ist zerzaust, wenn er eine hat, seine Glatze zur Schau gestellt, wenn er sich sonst bemüht, sie kunstvoll zu verdecken und zu verbergen; schützt er seine vollständige Kahlköpfigkeit vielleicht mit einer Perücke, so ist diese nun verrutscht, im Sommer ist er verstaubt, im Winter verdreckt, immer kleben ihm – Zeichen der Übernächtigkeit – Tränenkrusten in den Augenwinkeln. In jeder Hinsicht unansehnlich steht er dem Gastfreund gegenüber, der ganz nach der Etikette gekleidet hergekommen ist: er trägt den Frack, den er vor zehn Jahren in Madrid hat machen lassen, als er zur Vereidigung hinfuhr, und der noch so neu aussieht wie an dem Tag, da er ihn im Geschäft abholte; dazu eine Weste aus Pikee, die ihm Chassereau anfertigte, als der Graf von Angoulême (1823) in Spanien einmarschierte; um den Hals eine Glasperlenschnur, an der Brust eine Diamantnadel, in der Hand Handschuhe aus Noppenleder; kurz, er hat sich so elegant wie nur möglich herausgeputzt, was den Gegensatz zum ungepflegten Aussehen des Reisenden und dessen unordentlicher Kleidung erst recht betont.

Sie kennen einander nicht, aber sie umarmen sich, und unverzüglich packt der Gastfreund den Reisenden am Arm und sagt gebieterisch zu ihm: «Kommen Sie, Herr Soundso, beehren Sie mein Haus und ergreifen Sie davon Besitz.» Der Reisende dankt höflich und bedeutet ihm, daß er erschöpft sei, daß er sich so nicht zeigen könne, daß der Wagen höchstens vier Stunden Aufenthalt mache; aber der Gastfreund läßt seine Beute nicht los, und nachdem er alle gebräuchlichen Redensarten ausgeschöpft und dem Wirt verboten hat, dem Gast auch nur den kleinsten Dienst zu erweisen, führt er ihn stolpernd – die Straßen des Ortes sind schlecht gepflastert – zu seinem Haus, wo wegen der Vorbereitungen für den Empfang des Geehrten schon die größte Aufregung herrscht.

Salen a recibirlo al portal la señora y las señoritas con los vestidos de seda que se hicieron tres años atrás cuando fueron a la capital de la provincia a ver la procesión del Corpus, y la mamá con una linda cofia que de allí la trajo la última semana el cosario, y las niñas adornadas sus cabezas con las flores de mano que sirvieron en el ramillete de la última comida patriótica que dio la milicia del pueblo al señor jefe político.

          Y madre e hijas con su cadena de oro al cuello formando pabellones y arabescos en las gargantas y turgentes pecheras, llevando además las manos empedradas de sortijones de grueso calibre. Queda el pobre viajero corrido de verse tan desgalichado y sucio entre damas tan atildadas, por más que le retoza la risa en el cuerpo notando lo heteróclito de su atavío; y haciendo cortesías, y respondiendo con ellas a largos y pesados cumplimientos, lo conducen al estrado y lo sientan en el sofá, cuando él deseara hacerlo a la mesa. Al verse mi hombre en tal sitio, vuelve a pensar en su desaliño y desaseo, y trasuda, y pide que le dejen un momento para lavarse, y ...

          pero en vano: el obsequiador y su familia le dicen que está muy bien, que aquélla es su casa, que los trate con franqueza, y otras frases de ene que ni quitan el polvo, ni atusan el cabello, ni desahogan el cuerpo, pero que manifiestan que está mal, que aquélla no es su casa, y que no hay ni asomo de franqueza.

Entran varios y parientes del obsequiador, el señor cura y otros allegados; nuevos cumplimientos, nuevas ofertas, nuevas angustias para el viajero. Llena la sala de gente, el hospedador y su esposa desaparecen para activar las disposiciones del obsequio. Y mientras retumba el abrir y cerrar de antiguas arcas y alacenas, de donde se está sacando la

Zur Begrüßung kommen Gattin und Töchter an die Haustür – in Seidenkleidern, die sie sich drei Jahre zuvor für die Fronleichnamsprozession in der Provinzhauptstadt haben machen lassen. Die Mama trägt einen schönen Kopfputz, den ihr der Bote vor einer Woche von ebendort gebracht hat, die Mädchen haben sich handgearbeitete künstliche Blumen ins Haar gesteckt, die am letzten Nationalfeiertag beim Festessen der Landwehr zu Ehren des Regierungsoberhaupts als Tischschmuck gedient hatten. Der Mutter und den Töchtern hängen goldene Ketten wie Wimpelgirlanden oder kunstvolle Vorhangdrapierungen um den Hals und über dem geschwellten Busen, und dazu sind ihre Hände mit übergroßen schweren Ringen bestückt. Beschämt steht der arme Reisende da und kommt sich neben den fein herausgeputzten Damen noch unordentlicher und schmutziger vor, obwohl ihn beim Anblick ihrer seltsamen Aufmachung das Lachen im Halse kitzelt. Sie ergehen sich in Höflichkeiten und antworten mit ebensolchen auf lange und lästige Komplimente, bis sie ihn schließlich zur Estrade führen und auf einem Sofa Platz nehmen lassen, wiewohl er sich doch viel lieber an den Eßtisch gesetzt hätte. Wie unser Mann nun da sitzt, denkt er wieder an sein unordentliches, ungepflegtes Aussehen, er schwitzt und bittet, man möge ihm doch einen Augenblick Gelegenheit geben, sich zu waschen und..., vergeblich: der Wohltäter und seine Familie sagen ihm, daß doch alles bestens sei, daß er sich wie zu Hause fühlen und in aller Selbstverständlichkeit mit ihnen umgehen solle und was der Floskeln mehr sind, die den Staub nicht wegbürsten, das Haar nicht glätten, den Leib nicht erleichtern, aber ihm kundtun, daß sehr vieles an ihm zu beanstanden ist, daß er sich nicht wie zu Hause fühlen kann und daß es keinerlei Vertraulichkeit gibt.

Verschiedene Freunde und Verwandte des Wohltäters kommen herein, auch der Herr Pfarrer und weitere Bekannte; neue Artigkeiten, neue Angebote, neue Qualen für den Reisenden. Ist das Wohnzimmer voller Leute, verschwinden der Gastfreund und seine Gattin, um die Vorbereitungen für das Mahl in Gang zu bringen. Während das Öffnen und Schließen altertümlicher Truhen und Wand-

vajilla, la plata tomada y la mantelería amarillenta, resuenan los pasos de mozos y criadas que cruzan desvanes y galerías, y se oyen disputas y controversias, y el fragor de un plato que se estrella y de un vaso que se rompe, y el cacareo de las gallinas a quienes se retuerce a deshora el pescuezo, y se percibe el chirreo del aceite frito, perfumándose la casa toda con su penetrante aroma. Una de las niñas de casa se pone a tocar un piano. Pero ¡qué piano, ánimas benditas ... qué piano!

La fortuna es que, mientras cencerrean sus cuerdas sin compás ni concierto una pieza de Rossini, que no la conociera la misma Colbran, que sin duda no se le debe despintar ninguna de las de su marido; el señor cura está discurriendo sobre la política del mes anterior con el pobre caminante, que daría por haber ya engullido un par de huevos frescos, y por estar roncando sobre un colchón toda la política del universo.

Concluye la sonata, y un mozalbete, que es siempre el chistoso del pueblo, toma la guitarra y canta las caleseras, y luego hace la vieja con general aplauso, y luego, para que se vea que también canta cosas serias y de más miga, entona, tras de un grave y mesurado arpegio, la ‹Atala›, el ‹Lindoro› y otra pieza de su composición. Y gracias a que saltaron la prima y la tercera, y a que no hay ni en la casa, ni en la del juez, ni en la del barbero, ni en la botica, ni en todo el pueblo, cuerdas de guitarra, aunque se le han encargado ya al arriero, que cesa la música súbitamente con gran sentimiento de todos y pidiendo repetidos perdones al viajero, que está en sus glorias, creyendo que este incidente dará fin al sarao y apresurará la llegada de la cena. Pero está en el salón el hijo del maestro de escuela, que acaba de llegar de Madrid, y que representa maravillosamente imitando a Latorre, a Romea y a Guzmán, y

schränke herüberdröhnt, wo Eßgeschirr, angelaufenes Silberbesteck, vergilbte Tischtücher und Servietten herausgeholt werden, widerhallen aus Fluren und Abstellräumen die Schritte der Laufburschen und Mägde, man hört Streitereien und Meinungsverschiedenheiten, das Klirren eines heruntergefallenen Tellers und eines in Scherben geschlagenen Glases, das Gegacker der Hennen, denen zur Unzeit der Hals umgedreht wird, und man vernimmt das Zischen des heißen Öls, das nun mit seinem durchdringenden Geruch das ganze Haus erfüllt. Eine der Töchter des Hauses fängt an, Klavier zu spielen. Aber was für ein Klavier, bei allen armen Seelen im Fegefeuer ... was für ein Klavier! Während aus seinen scheppernden Saiten ein Stück von Rossini ohne Takt und Harmonie heraustönt, so daß nicht einmal die Colbran es erkannt hätte, der doch sicher alle Werke ihres Gemahls geläufig waren, verhandelt der Herr Pfarrer zum Glück über die Politik des vergangenen Monats mit dem armen Reisenden, der die ganze Weltpolitik dafür hergäbe, hätte er inzwischen zwei frische Eier verschlungen und dürfte er auf einer Matratze liegen und schnarchen.

Das Klavierstück ist zu Ende, und ein kleiner Junge – wie immer der Pfiffikus des Dorfes – nimmt die Gitarre und singt volkstümliche Spottlieder, dann mimt er unter allgemeinem Beifall die Alte, und damit man sieht, daß er auch Ernsthafteres und Gehaltvolleres singen kann, stimmt er nach einem feierlichen gemessenen Arpeggioakkord ‹La Atala› und ‹El Lindoro› und eine eigene Komposition an. Dank dem Umstand, daß die erste und die dritte Saite gesprungen sind und weder in diesem Haus noch beim Richter oder beim Barbier oder in der Apotheke oder irgendwo sonst im Dorf Gitarrensaiten aufzutreiben sind, obwohl man sie schon lange beim Fuhrmann bestellt hat, bricht der Musikvortrag plötzlich ab – zum großen Bedauern aller und unter wiederholten Entschuldigungen beim Reisenden, der in Seligkeit schwelgt und glaubt, das Volksfest sei nun zu Ende und das Essen werde eher aufgetragen. Aber im Zimmer ist noch der Sohn des Schulmeisters, der eben aus Madrid gekommen ist und die berühmten Schauspieler Latorre, Romea

todos a una voz le piden un pasillo. El se excusa con que está ronco, con que se le han olvidado las relaciones, porque hace días que no repasa sus comedias, y con que no está allí su hermana, que es la que sale con él para figurar. Pero insisten los circunstantes. Y ya el cómico titubea, anheloso de gloria. Y al verle poner una silla en medio del estrado, para que le sirva de dama, una de las señoritas de la casa, por mera complacencia, se presta a hacer el papel de la silla y se pone de pie entre el general palmoteo. «¡Silencio, silencio!», gritan todos. Los criados y criadas de la casa, y hasta los gañanes y mozos de la labor, se agolpan solícitos a la puerta de la sala; las personas machuchas que rodean al obsequiado le dicen sotto voce: «¡Verá usted qué mozo, verá usted qué portento!». Y el hijo del maestro de escuela, con tono nasal y recalcado, sale con una relación del ‹Zapatero y el rey›, estropeando versos y desfigurando palabras, y con tal manoteo y tan descompasados gritos, que el auditorio, ‹nemine discrepante›, le proclama el Roscio, el Talma, el Máiquez de la provincia.

Piden en altas voces otro paso, y el actor se descuelga con un trocito del ‹Guzmán›, que tiene igual éxito. Y porpue está ya ronco y sudando como un pollo, se contentan los concurrentes con que les dé por final algo de la ‹Marcela›. Concluida la representación, cree el obsequiado que cesará el obsequio, y en verdad que fuera razón. Pero como aún no está lista la cena, el obsequiador y su esposa, que ya han concluido el tomar disposiciones, y que ya han dejado sus últimas órdenes a la cocinera y al ama de llaves, vuelven al salón. Y empiezan a enredar en laberinto de palabras al huésped, contándole lo bueno que estaba el pueblo el año pasado y lo mucho que se hubiera divertido entonces, porque había un regimiento de guarnición, con una oficialidad brillante. El soñoliento,

und Guzmán hervorragend nachahmen kann, und einhellig bitten ihn alle, doch eine kurze Szene vorzuführen. Er entschuldigt sich, er sei heiser, er könne den Text nicht mehr auswendig, da er ihn schon einige Tage nicht mehr durchgesehen habe, und zudem sei seine Schwester nicht da, die mit ihm zusammen auftrete. Aber die Umstehenden lassen nicht locker. Schon schwankt der Schauspieler – ruhmbegierig. Als er einen Stuhl mitten auf die Estrade stellt, welcher die Dame darstellen soll, erklärt sich eine der Töchter des Hauses aus reiner Gefälligkeit bereit, die Rolle des Stuhls zu übernehmen, und steht unter allgemeinem Beifallsklatschen auf. «Ruhe! Ruhe!» rufen alle. Die Dienstboten im Haus und sogar die Landarbeiter und Ackerknechte drängen sich ungestüm an die Wohnzimmertür; die gesetzteren Leute, die um den Geehrten herumstehen, flüstern ihm zu: «Sie werden sehen, was für ein Tausendsassa das ist!» Der Sohn des Schulmeisters trägt nun also mit näselnder Stimme und übertriebenem Nachdruck einen Ausschnitt aus dem Stück ‹Der Schuster und der König› vor, entstellt Verse, verdreht Wörter, fuchtelt so wild mit den Händen und stößt dazu Schreie aus, daß die Zuschauer ihn ohne Ausnahme als den Roscio, den Talma, den Máiquez der Provinz feiern. Mit lauten Zurufen bitten sie um einen weiteren Ausschnitt, und der Schauspieler legt mit einer Szene aus ‹Guzmán der Gute› los – mit gleichem Erfolg. Da er mittlerweile heiser ist und schwitzt wie ein Huhn in der Pfanne, geben sich die Zuhörer zum Abschluß mit einer Kostprobe aus ‹Marcela› zufrieden. Als die Vorstellung zu Ende ist, glaubt der Geehrte, daß es mit den Ehrungen nun sein Bewenden habe, und das wäre in der Tat vernünftig gewesen. Aber da das Essen noch nicht fertig ist, der Wohltäter und seine Gattin aber alle Anordnungen getroffen und der Köchin sowie der Haushälterin die letzten Anweisungen gegeben haben, kommen sie ins Wohnzimmer zurück und umschlingen ihren Gast mit einem Geranke von Worten bei der Schilderung, wie schön es im vergangenen Jahr im Dorf gewesen sei und wie er sich da vergnügt hätte, denn da sei ein Garderegiment mit einem schmucken Offizierskorps einquartiert gewesen. Der schläf-

hambriento y fatigado viajero bosteza y responde con monosílabos, y pregunta de cuando en cuando: «¿Cenaremos pronto?». Y el patrón le dice: «Al instante», y sigue contándole cómo se hicieron las últimas elecciones, los proyectos que tiene el actual alcalde de hermosear la villa, y otras cosas del mismo interés para el viajero, cuando ve entrar al sobrino del señor cura, y en él un ángel que le ayude a divertir al obsequiado mientras llega la cena, que se ha atrasado porque el gato ha hecho no sé qué fechoría allá en la cocina. Efectivamente, el sobrino del señor cura es poeta, improvisa, y dándole pie, se está diciendo décimas toda una noche. Entra en corro; las señoritas de la casa hacen el oficio de la fama patentizando al huésped su clase de habilidad. Todos le rodean, le empiezan a dar pie, y él arroja versos como llovidos. Ya no puede más el cuitado viajero; ¡qué desfallecimiento, qué fatigas, qué vahídos!... Cuando, afortunadamente, vuelve a la sala la señora, que salió un momento antes a dar la última mano al obsequio, y dice: «Vamos a cenar si usted gusta, caballero». «¡Santa palabra!», grita la concurrencia, y todos se dirigen al comedor.

¡Espléndida, magnífica cena! Veinte personas van a devorarla, y hay ración para ciento. ¡Qué botellas tan cucas, de vidrio cuajado, con guirnaldas de florecitas y letreros dorados que dicen ‹viva mi dueño, viva la amistad!› Una gran fuente redonda ostenta, entre cabezas de ajos y abultadas cebollas, veinte perdices despatarradas y aliabiertas, cuál boca abajo, cuál panza arriba, cuál acostadita de lado, dando envidia al aburrido viajero.

En otra gran fuente ovalada campean seis conejos descuartizados prolijamente; allá perfuman el ambiente con su vaho veinticuatro chorizos ritos; acullá exhala el aroma del clavo y de la canela ochenta albon-

rige, hungrige und übermüdete Reisende kommt ins Gähnen, antwortet einsilbig und fragt von Zeit zu Zeit: «Können wir bald essen?» worauf der Hausherr antwortet: «Sogleich, sogleich!» und weiter erzählt, wie die letzten Wahlen verlaufen seien und was für Pläne der neue Bürgermeister habe, um den Ort zu verschönern, und weitere Begebenheiten, die für den Reisenden von ebensolchem Interesse sind. Da kommt der Neffe des Pfarrers herein, und in ihm erblickt er einen hilfreichen Engel, um den Gast zu unterhalten, bis das Essen aufgetragen wird, denn wegen irgendeiner Untat der Katze hat es in der Küche eine Verzögerung gegeben. In der Tat ist der Neffe des Pfarrers ein Dichter, er rezitiert aus dem Stegreif, und feuert man ihn an, so redet er eine ganze Nacht lang in antiken Versen daher. Er tritt in den Kreis, die Töchter des Hauses übernehmen das Amt der Ruhmesgöttin und eröffnen dem Gast seine Fähigkeiten. Alle umringen ihn, feuern ihn an, und er spuckt Verse aus wie ein Platzregen. Der bejammernswerte Reisende kann nicht mehr; welche Erschöpfung, Mattigkeit, Ohnmacht!... Da kommt zum Glück die Hausherrin wieder herein, die kurz zuvor nochmals hinausgegangen war, um letzte Hand ans Gastmahl zu legen, und sagt: «Wir können essen, wenn es dem Herrn beliebt». «Gepriesen sei dies Wort!» jauchzen alle Anwesenden und begeben sich ins Eßzimmer.

Herrliches, großartiges Nachtessen! Zwanzig Personen werden sich darüber hermachen, und es reichte für hundert. Was für fein geschliffene, mit Blumengirlanden und Schriftbändern verzierte Glasflaschen, auf denen in goldener Schrift steht: ‹Es lebe mein Gebieter, es lebe die Freundschaft!› In einer runden Schüssel stellen sich zwischen Knoblauchknollen und prallen Zwiebeln zwanzig Rebhühner mit gespreizten Beinen und ausgebreiteten Flügeln zur Schau: einige liegen auf dem Rücken, andere auf dem Bauch, wieder andere auf der Seite, was den müden Reisenden ganz neidisch macht. In einer ovalen Schüssel lagern bequem sechs sorgfältig geviertelte Kaninchen; daneben verströmen vierundzwanzig gebratene Pfefferwürste ihren Duft; weiter hinten riechen achtzig Fleischklößchen in der Größe von Billardkugeln ver-

diguillas como bolas de billar. ¡Qué de menestras¡ Qué de ensaladas! Servicio estupendo, aunque muchas cosas están ahumadas, otras achicharradas, casi todo crudo por la prisa, y todo frío por el tiempo que se ha tardado en colocarlo en simetría grotesca.

Náuseas le dan al pobre viajero de ver ante sí tanta abundancia, y más cuando todos le hostigan a que coma sin cortedad, porque no hay más, y cuando lo señora y las niñas de casa le dan cada una con la punta del tenedor su correspondiente finecita, y cuando el hospedador le insta a repetir y comer con toda confianza y se aflige de lo poco que se sirve, olvidando que

> *comer hasta matar el hambre es bueno*
> *y hasta matar al comedor es malo.*

Mas ¿quién encaja este axioma en la mollera de un hospedador de provincia, por más que lo recomiende Quevedo?...

Los platos se suceden unos a otros como las olas al mar embravecido: al de las perdices, arrebatado por una robusta aldeana alta de pechos y ademán brioso, le sustituye otro con un pavo a medio asar; al de los conejos, levantado por los trémulos brazos arremangados de una viejezuela, otro con un jamón más salado que una sevillana. Y ocupa puesto de los chorizos la fruta de sartén, y el de las menestras, mostillo, arrope, tortas, pasas, almendrucos, orejones, y fruta, y calabazate, y leche y cuajada y natillas, y... ¡qué sé yo!

Aquello es una inundación de golosinas, un aluvión de manjares que parece va a añadir una capa más a nuestro globo. Y ya circula un frasco cuadrado y capaz de media azumbre de mano en mano, derramando vigorosísimo anisete. Y el cantor de la tertulia entona patrióticas, y el poeta improvisa cada bomba que

führerisch nach Nelken und Zimt. Was für eine Fülle von Gemüsen und Salaten! Die Bedienung ist vortrefflich, obwohl viele Gerichte rauchig schmecken, andere angebrannt, die meisten wegen der Eile innen noch roh sind und alles schon kalt geworden ist, weil es so lange gedauert hat, diese wunderliche Anordnung zustande zu bringen.

Ganz schwindlig wird dem armen Reisenden beim Anblick von so viel Überfluß, besonders, wenn alle auf ihn einreden, doch ja genug zu nehmen, denn es gebe nachher nichts mehr, wenn die Dame und die Töchter des Hauses jede mit der Gabel auf die schönsten Stücke für ihn zeigen, wenn der Gastfreund inständig bittet, er solle sich doch nicht zieren und nochmals nehmen, und sich grämt, weil er so wenig nimmt, denn er denkt offenbar nicht an den Spruch

> *essen bis der Hunger gestillt, ist gut,*
> *bis der Esser stillgelegt ist, jedoch schlecht.*

Aber wer pflanzt eine solche Grundwahrheit in den Schädel eines Gastfreundes auf dem Land, selbst wenn der Dichter Quevedo sie empfiehlt? ...

Die Schüsseln folgen aufeinander wie die Wogen in einem stürmischen Meer: die mit den Rebhühnern wird von einer kräftigen hochbusigen Landfrau mit energischem Griff weggezerrt und durch eine mit einem halbgebratenen Truthahn ersetzt; die mit den Kaninchen heben die zittrigen Arme einer alten Frau empor, die sich die Ärmel hochgekrempelt hat und nun einen Schinken hinstellt, der schärfer ist als alle Sevillanerinnen. Den Platz der gebratenen Würste nimmt ein Obstauflauf ein, an die Stelle der Gemüseschüsseln kommen Traubenmostcrème, Sirup, Gebäck, Weinbeeren, grüne Mandeln, gedörrte Pfirsichscheiben und frisches Obst und getrocknete Kürbisschnitze und Süßmilch und Sauermilch und Schlagrahm und ... was weiß ich! Es ist eine Überschwemmung mit Naschwerk, eine Lawine süßer Köstlichkeiten, daß es aussieht, als sollte die Erdoberfläche mit einer Schicht von Süßigkeiten bedeckt werden. Schon macht eine eckige Flasche von mindestens einem Maß Inhalt die Runde, aus der sich ein schwerer Anislikör ergießt. Der Sänger der

canta el misterio, y el declamador declama trozos del ‹Pelayo›, y la señora de la casa se asusta porque su marido el hospedador trinca demasiado y luego padece de irritaciones, y las señoritas fingen alarmarse porque hay un chistoso que dice cada desvergüenza como el puño, y todo es gresca, broma, cordialidad y obsequio, cuando, por la misericordia de Dios, la voz ronca del mayoral, gritando en el patio: «Al coche, al coche; hemos perdido más de una hora; no puedo esperar más» viene a sacar al viajero de aquel pandemonium, donde a fuerza de obsequios lo tienen padeciendo penas tales que en su cotejo parecerían dulces las de los presitos.

El amo de la casa aún defiende su presa en los últimos atrincheramientos. Empieza por decirle con voz de cocodrilo que deje ir el coche, que en la góndola venidera proseguirá el viaje. Pero como halla una vigorosa repulsa, tienta al mayoral de todos los modos imaginables; con halagos, con vino, con aguardiente, con dinero, en fin, y nada, el mayoral se mantiene firme contra tantas seducciones; y salva a su viajero, y lo saca de las manos del hospedador, como el Angel de la Guarda salva y saca de las manos del encarnizado Luzbel a un alma contrita.

Cuanto dejamos dicho que acaece con el viajero de diligencia ocurre con el de galera o caballería, sin más diferencia que dilatarse algo más el obsequio con una cama que compite con el cielo, y cuya colcha de damasco, que ruge y se escapa por todos lados como si estuviera viva, no deja dormir en toda la noche al paciente obsequiado.

También tiene el obsequio de los hospedadores de provincia sus jerarquías; y si es intolerable y una desgracia para un particular, es para un magistrado intendente o jefe político una vedadera desdicha; para un capitán general, diputado influyente o se-

Gesellschaft stimmt Vaterlandslieder an, der Dichter gibt Sprüche aus dem Stegreif zum Besten, welche die Weltgeheimnisse ins Wanken bringen, der Schauspieler deklamiert Verse aus dem ‹Pelayo›, der Dame des Hauses wird bange, weil ihr Gemahl, der Gastfreund, zu viel trinkt und nachher Wutanfälle bekommt, und die Töchter tun, als entsetzten sie sich, weil ein Spaßvogel sackgrobe Zoten reißt; alles ist Ausgelassenheit, Witz, Herzlichkeit und Huldigung – da dröhnt gottseidank vom Hof herauf die Stimme des Kutschers: «Einsteigen! Einsteigen, bitte! Wir haben schon mehr als eine Stunde Verspätung; ich kann nicht länger warten» und den Reisenden aus dem Höllenspektakel herausreißt, wo er vor lauter Wohltaten Qualen leidet, im Vergleich zu denen ihm die der Verdammten süß vorkämen.

Der Hausherr kämpft um seine Beute bis zur äußersten Festungsmauer. Mit Krokodilstränen sagt er zu ihm, er solle doch den Wagen abfahren lassen und seine Reise mit der nächsten ‹Gondel› fortsetzen. Da er auf harten Widerstand stößt, versucht er mit allen Mitteln, den Kutscher umzustimmen: mit Schmeicheleien, mit Wein, mit gebrannten Wassern, mit Geld, aber nichts verfängt, der Kutscher widersteht allen Versuchungen; er rettet seinen Reisenden und reißt ihn aus den Fängen des Gastfreundes, wie ein Schutzengel dem grausamen Luzifer eine reuige Seele abringt.

Alles bisher Gesagte widerfährt nicht nur Reisenden, die in Kutschen fahren, sondern auch solchen, die in großen Wagen oder zu Pferd unterwegs sind, mit dem einzigen Unterschiede, daß im letzteren Falle die Wohltaten sich auf ein Nachtlager ausdehnen, das mit dem Himmel wetteifert und dessen Damastmatratze ächzt und nach allen Richtungen verrutscht, als ob sie lebendig wäre, und den duldsamen Geehrten die ganze Nacht nicht schlafen läßt.

Die Wohltaten der Gastfreunde auf dem Land haben übrigens ihre Rangordnung: sind sie schon unerträglich und ein Unglück für einen normalen Menschen, so sind sie für eine führende Persönlichkeit aus der Wirtschaft oder der Politik ein wahres Unheil; für einen Generaldirektor, einen einflußreichen Abgeordneten oder einen Senatssprecher werden sie

nador parlante, una calamidad, y para un ministro electo, que vuela a sentarse en la poltrona, un martirio espantoso, un azote del cielo, una terrible muestra de las iras del Señor, un ensayo pasajero de las penas eternas del infierno.

Aconsejamos, pues, al viajero de bien, esto es, al que sólo anhela llegar al término de su viaje con la menor incomodidad posible, que evite las asechanzas de los hospedadores, de sus espías y de sus auxiliadores; y para lograrlo no fuera malo se proveyese de parches con que taparse un ojo, de narices de cartón con que desfigurarse o de alguna peluca de distinto color del de su cabello que variase su fisonomía, ya que no está en uso caminar con antifaz, o antiparra, como en otro tiempo, y con tales apósitos debería disfrazarse y encubrirse a la entrada de los pueblos donde tuviese algún conocido. Usando de estas prudentes precauciones, amén de la ya sabidas y usadas por los prudentes viandantes de no decir su nombre en los mesones y posadas, y de no hacer uso, sino en caso fortuito, de las cartas de recomendación.

Pero si los hospedadores de provincia son vitandos para los viajeros de bien, pueden ser una cucaña, una abundante cosecha para los aventureros y caballeros de industria que viajan castigando parientes y conocidos,

como medio de comer a costa ajena, de remediarse unos días y de curarse de la terrible enfermedad conocida con la temible calificación de hambre crónica.

A unos y otros creemos haber hecho un importante servicio llamándoles la atención sobre esta planta indígena de nuestro suelo: a aquéllos, para que procuren evitar su contacto; a éstos, para que lo soliciten a toda costa.

zur eigentlichen Landplage, und für einen gewählten Minister, der sich eilends aufgemacht hat, seinen Sessel einzunehmen, eine entsetzliche Marter, eine Züchtigung des Himmels, eine grausame Kostprobe des göttlichen Zorns, ein zeitweiliges Beispiel ewiger Höllenqualen.

Wir raten deshalb jedem eigentlichen Reisenden, das heißt dem, der nichts anderes wünscht, als mit einem Mindestmaß an Unbequemlichkeiten an sein Ziel zu kommen, den Fallen der Gastfreunde, ihrer Spione und Helfer auszuweichen; damit es ihm leichter gelingt, wäre es nicht schlecht, er versähe sich mit Augenbinden, um wenigstens ein Auge zu verdecken, mit Pappnasen, um sich zu entstellen, mit einer Perücke anderer Haarfarbe als der eigenen, um sein Aussehen zu verändern, weil es nicht mehr üblich ist, mit Gesichtsmasken oder Sonnenbrillen zu reisen wie in früheren Zeiten; mit solchen Hilfsmitteln sollte er sich bei der Einfahrt in eine Ortschaft, wo er bekannt ist, tunlichst verkleiden und verhüllen. Dieser Vorsichtsmaßnahmen möge er sich bedienen, abgesehen von den bei umsichtigen Reisenden allgemein bekannten und angewandten, nämlich, in den Gasthöfen und Herbergen seinen Namen nicht zu nennen und von Empfehlungsschreiben nur in Notfällen Gebrauch zu machen.

Wenn also Gastfreunde auf dem Land von eigentlichen Reisenden unbedingt gemieden werden müssen, so können sie für Abenteurer und Glücksritter, die unterwegs sind, um Verwandten und Bekannten zur Last zu fallen, zu einem Lotteriespiel mit reichen Gewinnaussichten werden, denn sie geben ihnen die Möglichkeit, auf fremde Kosten satt zu werden, sich ein paar Tage Linderung zu verschaffen und sich von der schrecklichen Krankheit zu heilen, die unter der Bezeichnung ‹Ständiger Hunger› bekannt und gefürchtet ist.

Den einen wie den andern glauben wir einen wichtigen Dienst erwiesen zu haben, indem wir sie auf diese Hervorbringung unseres Heimatbodens aufmerksam machten, jenen, damit sie der Begegnung auszuweichen trachten, diesen, damit sie sie mit allen Mitteln anstreben.

Antonio Trueba
El más listo que Cardona

I

Comedia sin teatro, para maldita la cosa vale. Antes de hacer la comedia, hagamos el teatro.

El teatro representa la plaza de un lugar de la provincia de Madrid. A derecha e izquierda bocascalles. En el fondo, una casa grande con balcones. Y hacia el lado del público, la concha del apuntador, donde el autor se mete y apunta en unas cuartillas de papel cuanto dicen y hacen los actores para ir en seguida a parlárselo al público.

Acaba de amanecer y acacaba la tía Bolera de plantarse en medio de la plaza con una cesta de higos delante.

Sale Bartolo sin sombrero y mirando a todas partes, como si se le hubiese perdido algo.

Mucho oído, que comienzan a hablar Bartolo y la tía Bolera.

—Buenos días, tía Bolera.

—Buenos te los dé Dios, Bartolo.

—Hoy, los mozos que salgan bien de la quinta, de seguro la dejan a usted sin higos para regalar a las novias. Yo que usted no hubiera madrugado tanto teniendo la venta segura.

—Pues tú bien madrugas también.

—Es que anoche anduve por aquí de ronda, me llevó el sombrero el aire, y no puedo dar con él por más que lo busco.

—Cabeza es lo que debes buscar, que esa te hace más falta que sombrero.

—Velay usted lo que tiene el ser uno tonto.

—Vamos, ¿no me compras higos?

—¡Canasto, la pinta no es mala!

—Pruébalos, que son muy ricos.

—Vamos a ver —dice Bartolo manducándose higos. —Este... estaba un poco duro. Este... estaba

Antonio Trueba
Klüger als Cardona

I

Ein Theaterstück ohne Bühne ist keinen Pfifferling wert. Bauen wir also den Schauplatz auf, bevor wir Komödie spielen.

Das Bühnenbild zeigt einen Dorfplatz in der Provinz Madrid. Rechts und links münden Straßen ein. Im Hintergrund ein großes Haus mit Balkonen. Auf der Seite zum Publikum hin der Souffleurkasten; dorthinein steigt der Autor und schreibt sich in seinem Notizheft alles auf, was die Darsteller sagen, um es gleich den Zuschauern weiterzuerzählen.

Es ist Tag geworden, soeben ist Base Bolera mit einem Korb Feigen gekommen und hat ihn mitten auf dem Platz vor sich hingestellt.

Bartolo tritt ohne Hut auf und schaut überall umher, als ob er etwas verloren habe.

Aufgepaßt, denn Bartolo und Base Bolera fangen an zu reden:

«Guten Tag, Base Bolera!»

«Einen guten Tag gebe dir Gott, Bartolo!»

«Heute lassen Ihnen die Burschen, die heil aus dem Militärdienst entlassen werden, sicher keine einzige Feige übrig, weil sie damit ihre Bräute beschenken. Ich an Ihrer Stelle wäre nicht so früh aufgestanden bei dem sicheren Geschäft.»

«Nun, du bist ja auch sehr früh auf den Beinen.»

«Gestern abend bin ich eben hier herum auf der Pirsch gewesen, da hat mir der Wind den Hut weggeweht, und jetzt finde ich ihn nicht mehr, wie sehr ich auch suche.»

«Einen Kopf solltest du dir suchen, den brauchst du dringender als einen Hut.»

«Ja, sehen Sie, das ist es eben, wenn man dumm ist.»

«Komm, kaufst du mir keine Feigen ab?»

«Potz Blitz! Schlecht sehen sie nicht aus!»

«Koste sie, sie sind herrlich saftig.»

«Also gut», sagt Bartolo, indem er schmatzend Feigen kostete. «Diese ... war ein bißchen zu hart. Diese ... war ein

demasiado blando. Este ... amargaba un poco. Este ... estaba demasiado dulce.

— Anda y prueba solimán de lo fino, que los higos están caros.

Y la tía Bolera amenaza con una pesa a Bartolo.

— ¡Pero, tía Bolera, si como soy tonto no sé lo que me pesco!

— Eso te vale, que si no te rompía la cabeza con una pesa. Vamos, ¿cuántos higos quieres?

— Aguarde usted, mujer, que antes de todo es ajustar. ¿A cómo son?

— A cuatro cuartos la libra.

— Vamos, que algo menos serán.

— No son un maravedí menos.

— ¡Canasto, no ha de tener usted palabra de rey!

— Vaya, no muelas. ¿Cuántos quieres?

— Eche usted cuatro o seis libras si me las da usted fiadas.

— ¿Ahora salimos con eso?

— Pero, tía Bolera, si no tengo un cuarto.

— Anda, anda, lárgate de aquí o te descalabro con una pesa.

¡Tía Bolera, no me asuste usted, canasto, que me van a hacer daño los higos que me he comido!

— ¡Así reventaras!

— ¿Pero tengo yo la culpa de ser tonto?

— ¡Te he dicho que te largues!

Bartolo se retira a una esquina, y la tía Bolera añade en tono muy sentimental:

— ¡Ay! El Señor nos conserve cabales los cinco sentidos.

Cardona, que es un mozo cuya sonrisita burlona va por todas partes diciendo: «El que me la pegue a mí no ha de ser rana», sale por la parte opuesta a la esquina en que está Bartolo y pregunta:

— ¿Qué es eso, tía Bolera?

— ¡Qué ha de ser! Que si me descuido me zampa todos los higos se zoquete.

bißchen zu weich. Diese ... war etwas zu sauer. Diese ... war zu süß.»

«Komm, koste hübsch sachte, die Feigen sind teuer.»

Und Base Bolera droht ihm mit einem Gewichtstein.

«Aber, Base Bolera, weil ich so dumm bin, weiß ich eben nicht, was ich herausfische.»

«Das lasse ich gelten, sonst würde ich dir mit diesem Gewichtstein den Schädel einschlagen. Also, wieviele Feigen willst du?»

«Warten Sie, Frau, zuerst muß ich Bescheid wissen. Wie teuer sind sie?»

«Vier Cuartos das Pfund.»

«Nun, etwas weniger wird es wohl sein.»

«Nicht einen Maravedí weniger.»

«Potz Blitz, das wird doch nicht Ihr Ehrenwort sein!»

«Komm, mach keine Umstände. Wieviel willst du?»

«Geben Sie mir vier oder sechs Pfund, falls Sie mir stunden.»

«Jetzt auch noch das?»

«Aber, Base Bolera, ich hab doch keinen einzigen Cuarto.»

«Marsch, mach, daß du fortkommst, oder ich schlage dir den Schädel mit einem Gewichtstein ein.»

«Base Bolera, erschrecken Sie mich nicht, potz Blitz, sonst bekommen mir die Feigen nicht, die ich gegessen habe.»

«Hoffentlich platzt du!»

«Ist es meine Schuld, daß ich dumm bin?»

«Ich habe dir gesagt, du sollst dich wegscheren!»

Bartolo verzieht sich um eine Ecke, und Base Bolera fügt in rührseligem Ton hinzu:

«Ach, Herr, erhalte uns unsere fünf Sinne!»

Cardona, ein junger Bursche, dessen spöttisches Lächeln überall herumzuerzählen scheint: «Wer mich hereinlegen will, muß schon sehr schlau sein!» biegt um die Ecke gegenüber derjenigen, hinter welcher Bartolo verschwunden ist und fragt:

«Was soll das, Base Bolera?»

«Was das soll! Wenn ich nicht aufpasse, verschlingt mir dieser Schwachkopf sämtliche Feigen.»

—Canute, no me hable usted de ese tonto, porque me tiene muy quemado... ¿Creerá usted, tía Bolera, que pretende casarse con la Geroma?

—¿Con la chica del señor Alcalde? En el nombre del Padre y del Hijo... ¡Con la más rica del lugar!

—¡Cabalito!

—¿Pero ella no le hará caso?

—¡Pues no se le ha de hacer, canute! Si está ‹chalaa› por él, y dice que aunque la hagan tajadas no se casa conmigo.

—Pues ándate con cuidado no sea que te la peguen...

—¡Pegármela a mí! ¡A mí! ¡A mí, canute! ¡Ja, ja, ja! ¡Que es tonto el muchacho!

—Es verdad que ya sabes tú donde el zapato te aprieta. Cardona te llaman y te está pintiparado el nombre.

—Verá usted, canute, como le armo al tonto una zancadilla que vaya a presidio por toda la vida.

—¿Y cómo se la vas a armar?

—No sé cómo, pero yo cavilaré y me saldré con la mía. Canute, ya podía usted, tía Bolera, ayudarme a inventar un embuste para que se lleve pateta a ese bruto. Si me ayuda usted a desbancarle, pongo de balde a la disposición de usted todos los frutales de mi huerto, y se hace usted de oro, canute!

—Pierde cuidado, que yo inventaré una cosa buena. Ya sabes que para eso me pinto sola. Como que por esta gracia que Dios me dio para inventar enredos y bolas, me pusieron la tía Bolera.

Bartolo que si no quita ojo de los balcones de la casa del alcalde, tampoco le quita de los higos de la tía Bolera, exclama:

—¡Canasto, y que gana de comer higos me ha entrado!

—Vamos, ¿no me compras higos? – pregunta la tía Bolera a Cardona.

—¿A cómo son?

«Potztausend, reden Sie mir nicht von ihm; der Dummkopf macht mich rasend... Können Sie sich vorstellen, Base Bolera, daß er im Sinn hat, die Geroma zu heiraten?»

«Die Schultheißentochter? Im Namen des Vaters und des Sohnes... Das reichste Mädchen im Dorf?»

«Genau die!»

«Aber sie wird ihn wohl nicht ernst nehmen?»

«Und ob sie ihn ernst nimmt, potztausend! Ganz vernarrt ist sie in ihn und sagt, und wenn man sie in Stücke risse, mich heirate sie nicht.»

«So sei auf der Hut, sonst könntest du den kürzeren ziehen...»

«Ich den kürzeren ziehen! Potztausend, ich! der stockdumme Kerl!»

«Du weißt also selber, wo dich der Schuh drückt. Cardona ist dein Name, und er ist dir auf den Leib geschneidert.»

«Potztausend, Sie werden sehen, wie ich dem dummen Kerl ein Bein stelle, daß er für den Rest des Lebens hinter Gitter kommt.»

«Und wie willst du das anstellen?»

«Ich weiß noch nicht wie, aber ich brüte etwas aus und werde ans Ziel kommen. Potztausend, Base Bolera, helfen Sie mir etwas ausknobeln, damit der Teufel diesen Hornochsen holt. Wenn Sie mir helfen, ihn aus dem Feld zu schlagen, überlasse ich Ihnen kostenlos alle Obstbäume in meinem Garten, und Sie werden steinreich, potztausend.»

«Verlasse dich darauf, ich werde etwas Feines austüfteln. Darauf verstehe ich mich, wie niemand sonst. Genau für diese Gabe, die mir der Herrgott geschenkt hat, nämlich Fallstricke zu legen und Lügen zu spinnen, habe ich ja den Namen ‹Lügenbase› erhalten.»

Bartolo läßt kein Auge von den Balkonen am Haus des Schultheißen, aber auch keins von den Feigen der Base Bolera und sagt laut:

«Potz Blitz, wie es mich auf einmal nach Feigen gelüstet!»

«Komm, kaufst du mir denn keine Feigen ab?» fragte Base Bolera Cardona.

«Was kosten sie?»

– A cuatro.

– Pues eche usted un par de libras para que rumie el ganado.

– ¡Canasto, – exclama Bartolo – que no tuviera yo cuatro cuartos para comprar una libra de higos!

– Apara el sombrero – dice a Cardona la tía Bolera –. Tú me estrenas, hijo.

– Conque son ... cuatro y cuatro ... doce, – dice Cardona, contando por los dedos –. Ahí tiene usted los doce cuartos.

Cardona repara en Bartolo.

– ¡Canute! – añade, – ¿‹entuavía› está ese tonto ahí? Verá usted, tía Bolera, como le apedreo. ¡Anda, Bartolo! ¡anda, borrico! ¡anda, bestia! ¡anda, tonto!

Así diciendo, Cardona tira higos a Bartolo, este los va cogiendo y zampando con mucho gusto; y el uno tirando, y el otro zampando sin más que decir: «Dime tonto y dame higos», desaparecen por una de las bocacalles.

– ¡Já, já, já! qué listo es este Cardona – exclama la tía Bolera desternillándose de risa –. Con razón pasa por el más listo del pueblo. ¡Já, ja, já!

II

Cardona vuelve inmediatamente, y dice enseñando el sombrero completamente desocupado:

– Se acabó la munición y me quedé desarmado.

El tío No-hay-Dios sale de la casa del alcalde y Cardona le grita:

– ¡Eh, alguacil! ¡Tío No-hay-Dios!

– ¡Mira, Cardona, que no pongas motes a nadie! No gastes bromas con nosotros los señores de justicia, que te planto en el cepo como soy alguacil.

– Pues ya puedes plantar en él a todo el lugar, – replica la tía Bolera, – porque no hay quien no te llame tío No-hay-Dios.

– ¿Y por qué te lo llaman? – pregunta Cardona.

– Porque cuando volví del servicio no quería ir a

«Vier Cuartos.»

«So geben Sie mir zwei Pfund für das Vieh zum Wiederkäuen.»

«Potz Blitz!» ruft Bartolo: «Hätte ich doch vier Cuartos, um ein Pfund Feigen zu kaufen!»

«Halte den Hut hin», sagte Base Bolera zu Cardona, «du bist mein erster Käufer.»

«Somit macht das... vier und vier... macht zwölf», sagt Cardona und zählt an den Fingern ab. «Hier sind die zwölf Cuartos.»

Cardona bemerkt Bartolo.

«Potztausend», fährt er fort, «so ist dieser Trottel immer noch da? Schauen Sie, Base Bolera, wie ich den steinige. Hü, Bartolo! Hü, Esel! Hü, Hornochse! Hü, Trottel!»

Mit solchen Ausdrücken wirft Cardona Feigen nach Bartolo, und dieser fängt sie auf und stopft sie voller Vergnügen in den Mund; der eine wirft, der andere mampft, als wolle er immerzu nur sagen: «Heiße mich Trottel, und gib mir Feigen», und so verschwinden sie in einer der Nebenstraßen.

«Ha, ha, ha! wie klug ist doch dieser Cardona», schüttelt sich Base Bolera vor Lachen, «zu recht gilt er als der Klügste im Dorf, ha, ha, ha!»

II

Cardona kommt sogleich wieder zurück, zeigt auf seinen leeren Hut und sagt:

«Meine Geschosse sind aufgebraucht, und ich bin ohne Waffe.»

Vetter Gottlos kommt aus dem Schultheißenhaus, und Cardona ruft ihm zu:

«He, Büttel. Vetter Gottlos!»

«Geh, Cardona, hör auf mit dem Spitznamen! Mach keine Witze über uns Gerichtsbeamte, sonst sperre ich dich ein, schließlich bin ich Büttel.»

«Dann kannst du das ganze Dorf einsperren», wirft Base Bolera ein, «denn bei jedermann heißt du Vetter Gottlos.»

«Und warum heißt du so?» fragt Cardona.

«Als ich aus dem Heeresdienst zurückkam, wollte ich

misa, so pretexto de si había Dios o dejaba de haberle. Me casé poco después; mi mujer me sopló tres chicos de un parto; se me perdió la cosecha; se me murieron dos caballerías, y mi casa era una perdición. Un día fuí a Madrid a vender un borriquillo, que era lo último que en mi casa quedaba por vender, y al llegar allá, le dió un torozón a la bestia y se murió.

Vendí en un duro la piel del borrico, y volví a tomar el camino del pueblo pensando si aquello me sucedería por decir que no había Dios; cuando cátate tú que encuentro un pobre con tres chiquillos desnudos y muertos de hambre, y me pide limosna, diciendo que Dios me daría ciento por uno. Yo tenía por ‹fáula› lo de Dios, pero tenía tres chiquillos como el pobre y me puse a pensar que estaban a pique de pedir limosna. Pues señor, que se me ablanda el corazón, que doy el duro al pobre echándome la cuenta del perdido, y que sigo mi camino oyendo las bendiciones de los que se quedaban con el último duro de mi caudal. ¿Qué diréis que encontré al llegar a casa?

— ¿Alguna cuerda para ahorcarte?

— No, eso hubiera sucedido si no hubiera Dios; pero como le hay, me encontré con una carta en que me decían que el coronel de mi regimiento con quien estuve de asistente, había muerto y me había dejado mil duros. Salgo entonces por el pueblo gritando: «¡Hay Dios! ¡hay Dios!» Mi casa comienza a prosperar, la jusiicia me nombra alguacil viendo que me he hecho buen cristiano, y hoy sería el más dichoso del pueblo si me llamaran el tío Hay-Dios, en lugar de seguir llamándome el tío No-hay-Dios.

— Pero oye, que para eso te llamaba: tú, que eres algo de justicia, ¿no has olido algo de la causa que el juez del partido nos sigue al tonto y a mí, por los palos que llevaron los forasteros el día de la función?

nicht mehr in die Kirche gehen unter dem Vorwand, man wisse ja nicht, ob es einen Gott gebe oder nicht. Kurz darauf heiratete ich; meine Frau kam mit drei Kindern auf einmal nieder; es gab eine Mißernte; zwei meiner Pferde kamen um; mein Haus war verloren. Eines Tages ging ich nach Madrid, um ein Eselchen zu verkaufen, das einzige, was es in meinem Haus noch zu verkaufen gab, und als ich ankam, brach das Tier zusammen und starb. Ich verkaufte das Fell für einen Duro, machte mich wieder auf den Weg zum Dorf zurück und dachte, ob das wohl davon komme, daß ich immer sagte, es gebe keinen Gott. Da, stelle dir vor, begegne ich einem armen Mann mit drei kleinen Kindern – alle nackt und am Verhungern – der bittet mich um ein Almosen mit den Worten, Gott gebe es mir hundertfach zurück. Ich hielt das mit dem Herrgott für ein Märchen, aber ich hatte auch drei kleine Kinder zu Hause wie der Arme und dachte daran, daß wenig fehlte, und sie müßten auch um Almosen betteln. Meine Güte, da wird mir das Herz weich, ich gebe dem Bettler das Geldstück, es ist ja ohnehin alles verloren, gehe weiter und höre noch die Segenswünsche der Leute, die den letzten Duro meines Vermögens bekommen haben. Was meint ihr, was ich beim Heimkommen vorfand?»

«Einen Strick, um dich aufzuhängen?»

«Nein, das wäre geschehen, wenn es keinen Gott gäbe; aber da es ihn gibt, fand ich einen Brief vor, und darin stand, daß der Oberst meines Regiments, bei dem ich Adjutant gewesen war, gestorben sei und mir tausend Duros vermacht hatte. Da lief ich durch das Dorf und rief immerzu: ‹Es gibt einen Gott! Es gibt einen Gott!› Mein Haus blüht auf, das Gericht ernennt mich zum Büttel, als es sich zeigte, daß ich ein guter Christ geworden war, und heute wäre ich der glücklichste Mensch im Dorf, wenn man mich statt immer noch ‹Vetter Gottlos› nun ‹Vetter mit Gott› nennen würde.»

«Nun, so höre, weshalb ich dich gerufen habe: du gehörst doch irgendwie zum Gericht; hast du nichts läuten hören von der Untersuchung, die der Bezirksrichter gegen den Tölpel und mich führt wegen der Prügel, welche die Fremden am Theatertag abbekommen haben?»

—¡Pues no he de haber olido! Justamente vengo de entregar al señor alcalde un oficio del juez que han traído esta madrugada.

—¿Y sabes lo que dice?

—¡Vaya si lo sé! Como que su merced le ha leído alto delante de mí.

—¡Canute! ¿y qué dice?

—Dice que a tí te han condenado por buenas composturas a pagar mil reales de las costas.

—¡Canute! ¡por vida de...! ¿y Bartolo?

—Bartolo ha salido del todo libre.

—Pero si él fue quien pegó los palos, y yo no hice más que enzarzarle con los forasteros, y luego meter paz para que no rezara conmigo la causa.

—Ya; pero el juez dice que como Bartolo es tonto, no tiene pena, y te ha cargado a ti las costas que el tonto debía pagar.

—¡Canute, recanute! ¡que esto me suceda a mí!

—Ea, con que ‹diquiá› luego, que hoy con la quinta estamos muy ocupados los señores de justicia. Tú Cardona, no tengas miedo, que, como sois treinta los mozos útiles, y nada más que cuatro los soldados que piden, malo ha de ser que a ti te toque la china. Mira, ya tocan a misa. Vete a oírla, que ¡hay Dios!

El alguacil desaparece.

—¡Canute, para misas estoy yo! — dice Cardona tirándose de los pelos.

—Hombre — le arguye la tía Bolera, — no te desesperes por mil reales más o menos.

—Tía Bolera, si no es por los mil reales, que lo que me quema a mí es que el tonto se ría... Pero, canute, no se ha de reír, que si yo aflojo mil reales, él ha de ir a un presidio.

—Hijo, eso está muy bien pensado. Si le echas a un presidio, ¿quién te disputa a ti a la Geroma? Y si te casas con la Geroma, que es la moza más rica de todo el pueblo, ¿qué te hacen a ti mil reales más o menos?

«Ich sollte nichts läuten gehört haben! Eben habe ich dem Schultheißen ein amtliches Schreiben vom Richter überbracht, das heute morgen gekommen ist.»

«Weißt du, was darin steht?»

«Und ob ich es weiß! Der Gnädige Herr hat es mir laut vorgelesen.»

«Potztausend! Was steht darin?»

«Daß du wegen guter Führung verurteilt bist, tausend Reales an Gerichtskosten zu zahlen.»

«Potztausend! Beim heiligen...! Und Bartolo?»

«Bartolo ist in allem freigesprochen worden.»

«Aber er hat doch dreingeschlagen; ich habe lediglich ihn gegen die Fremden aufgebracht und nachher Frieden gestiftet, damit ich aus der Sache heraus wäre.»

«Ja, aber der Richter sagt, weil Bartolo schwachsinnig sei, könne er nicht zur Rechenschaft gezogen werden, und hat dir die Gerichtskosten auferlegt, die er zahlen sollte.»

«Potztausend und Millionen! Daß mir das widerfährt!»

«Ja, und überdies sind wir vom Gericht mit dem Auslosen der Dienstpflichtigen heute sehr beschäftigt. Du, Cardona, brauchst keine Angst zu haben; da ihr dreißig taugliche Burschen seid und nur vier verlangt werden, müßtest du schon großes Pech haben, wenn das Los dich träfe. Hör, da ist das erste Messeläuten. Geh in die Kirche, denn es gibt Gott!»

Der Büttel tritt ab.

«Potztausend, als ob mir nach Messen zumute wäre!» sagte Cardona und rauft sich die Haare.

«Junge», meint Base Bolera dazu, «verzweifle doch nicht wegen tausend Reales mehr oder weniger.»

«Base Bolera, es geht mir nicht um die tausend Reales, mich beißt, daß der Trottel mich auslacht... Aber, potztausend, er soll nichts zu lachen haben, denn wenn ich tausend Reales locker mache, muß er hinter Gitter.»

«Junge, das hört sich gut an. Wenn du ihn ins Gefängnis bringst, wer macht dir dann noch die Geroma streitig? Und wenn du die Geroma heiratest, das reichste Mädchen im Dorf, was machen dir da schon tausend Reales mehr oder weniger aus?»

—Canute, tiene usted razón, tía Bolera. Cavile usted a ver qué enredo le armamos, que yo voy a hacer lo mismo. Con que, «diquiá» luego.

—Adiós, hijo.

Cardona repara al irse en un sombrero que está entre unas matas de hortigas, debajo de los balcones de casa del alcalde, y exclama:

—¡Canute! ¿de quién será este sombrero?

—Será el del tonto que le perdió anoche andando por ahí de ronda.

—¡Ay, tía Bolera de mi alma, qué idea me ocurre, canute!

—Cuéntame, hijo, cuéntame.

—Espere usted un poco, que ahora hablaremos. ¡A la una! ¡a las dos! ¡a las tres!

Cardona tira el sombrero de Bartolo a uno de los balcones de la casa del alcalde, y añade reventando de satisfacción:

—¡Ah já! ¡Ahí está bien, canute!

—Pero, muchacho, ¿qué has hecho?

—¡Ya está armada, canute! El tonto va a presidio, como tres y dos son siete. Tía Bolera, ahora si que la necesito a usted. Hogaño no les ha tocado llevar fruta a los frutales de mi huerto, y el año que viene van a estar a remo. ¿Ve usted el sombrero del tonto?

—Sí; pero le vería con más gusto en los cerezos para espantar los tordos.

—No: mejor está en el balcón del cuarto de la Geroma. Oiga usted, y mucho pesquis. Bartolo subió anoche al cuarto de la hija del alcalde; al bajar por el balcón dejó allí el sombrero; por el sombrero se descubre al salta-balcones y atropella-doncellas, y el alcalde echa a presidio al que asaltó su casa y la honra de su hija.

—¡Bendito sea Dios que tanto talento te ha dado, hijo!

—¿Pues qué, soy yo tonto, canute? ¿Conque, me ha entendido usted?

«Potztausend, Sie haben recht, Base Bolera. Denken Sie sich etwas aus, wie wir ihn hereinlegen können, ich werde das auch tun. Dann also, auf Wiedersehen.»

«Lebwohl, mein Junge.»

Beim Weggehen entdeckt Cardona einen Hut in den Brennesselstauden unter den Balkonen am Schultheißenhaus und ruft:

«Potztausend! Wem gehört wohl dieser Hut?»

«Wahrscheinlich dem Trottel, der hat ihn gestern nacht verloren, als er hier herum auf Freiersfüßen ging.»

«Ach, meine liebe Base Bolera, was mir da einfällt, potztausend!»

«Erzähle, Junge, erzähle!»

«Warten Sie ein bißchen, gleich reden wir darüber. Eins! Zwei! Drei!»

Cardona wirft den Hut auf einen der Balkone am Schultheißenhaus, und außer sich vor Wonne platzt er heraus:

«Ha, ha! Da liegt er gut, potztausend!»

«Aber, Junge, was hast du da getan?»

«Die Falle ist schon gestellt, potztausend! Der Tölpel kommt hinter Gitter, wie zwei und drei sieben sind. Base Bolera, jetzt brauche ich Sie dringend. Heuer haben die Bäume in meinem Obstgarten zwar nicht getragen, aber nächstes Jahr werden sie dickvoll sein. Sehen Sie den Hut des Trottels?»

«Ja, aber ich sähe ihn lieber auf den Kirschbäumen, um die Drosseln zu verscheuchen.»

«Nein, auf dem Balkon vor Geromas Zimmer liegt er viel besser. Hören Sie, und passen Sie gut auf: Bartolo stieg gestern nacht ins Zimmer der Schultheißentochter; als er über den Balkon kletterte, blieb sein Hut dort liegen; durch den Hut entlarvt man den Fassadenkletterer und Schürzenjäger, und der Schultheiß sperrt den Kerl ein, der in sein Haus einstieg, um die Ehre seiner Tochter zu bestürmen.»

«Gott sei gelobt, Cardona, der dich mit so vielen Geistesgaben ausgestattet hat!»

«Nun, also, bin ich ein Trottel? Potztausend! Sie haben mich also verstanden?»

—A las mil maravillas. ¡Bien hayan las madres que paren hijos tan listos!

—Ahora sólo nos falta que todo el lugar sepa las gracias del tonto.

—El pregón de la plaza me toca mí.

—Y a mí el de las calles y callejuelas. ¡Conque, manos a la obra, tía Bolera!

—¡Manos a la obra, Cardona!

Vuelven a tocar a misa, y Cardona se larga restregándose las manos de satisfacción.

III

Muchas gentes atraviesan la plaza en dirección a la iglesia. La tía Bolera habla misteriosamente con cuantos y cuantas se le acercan, señalando al balcón donde está el sombrero de Bartolo. El alcalde y su hija salen de casa, llevando la Geroma pañuelo a la cabeza.

Hablan el alcalde y su hija.

—¡Jesús, padre, qué empeño tiene usted en ir a misa primera!

—Picarona, ¿quieres que me quede sin misa, para que al alcalde le llamen el tío No-hay Dios, como al alguacil?

—Pues oiga usted misa mayor.

—No quiero, que me está esperando todo el Ayuntamiento para hacer el sorteo, y en seguida la declaración de soldados, para salir del paso cuanto antes.

—La declaración de soldados es de hoy en ocho.

—¡Qué sabes tú, habladora!

—Siempre ha sido así.

—Eso manda la ley; pero el Ayuntamiento ha acordado hacerla hoy y ponerle la fecha del domingo que viene, porque el domingo toda la justicia está convidada a una borrachera que da ese señor que ha venido de Madrid.

—¡Vaya un modo de cumplir la ley!

«Bestens! Selig seien die Mütter, die so kluge Söhne gebären!»

«Nun fehlt nur noch, daß das ganze Dorf von den Meisterstreichen unseres Trottels erfährt.»

«Den Herold auf dem Platz mache ich.»

«Und ich den auf den Straßen und in den Gäßchen. Also, ans Werk, Base Bolera!»

«Ans Werk, Cardona!»

Das zweite Messeläuten erklingt, und Cardona reibt sich im Weggehen die Hände vor Wonne.

III

Viele Leute gehen über den Platz auf dem Weg zur Kirche. Base Bolera redet geheimnisvoll mit allen Männern und Frauen, die an ihr vorübergehen, und zeigt dabei auf den Balkon, auf dem Bartolos Hut liegt. Da kommen der Schultheiß und seine Tochter aus dem Haus; Geroma trägt ein Kopftuch.

Der Schultheiß und seine Tochter reden miteinander:

«Mein Gott, Vater! Warum wollen Sie denn unbedingt in die Frühmesse gehen?»

«Naseweis! Willst du, daß ich die Messe versäume und man den Schultheißen auch ‹Vetter Gottlos› heißt wie den Büttel?»

«Dann gehen Sie doch in die Hauptmesse!»

«Das will ich nicht, denn der ganze Rat erwartet mich, um die Auslosungen vorzunehmen und gleich die Erklärungen der Soldaten anzuhören, damit wir alles möglichst schnell hinter uns haben.»

«Die Anhörung der Soldaten ist heute in acht Tagen.»

«Was weißt denn du, Schwätzerin!»

«Es ist immer so gewesen.»

«So will es das Gesetz; aber der Rat hat beschlossen, sie heute abzuhalten und das Datum des nächsten Sonntags daraufzusetzen, denn am Sonntag ist das ganze Gericht bei dem Herrn, der aus Madrid gekommen ist, zu einem Saufgelage eingeladen.»

«Eine feine Art, das Gesetz zu erfüllen.»

—¡-Qué ley ni qué calabazas! En los pueblos no se anda con cumplimientos.

— Pues bien: váyase usted solo a misa primera, que yo me quedo para la mayor.

—¡Ya, ya te entiendo, pájara! Lo que tu quieres es ir sola a misa para gastar palique con el tonto. No te verás en ese espejo. Ya te he dicho que con quien te has de casar es con Cardona, que es el más listo del pueblo.

—¿Y a los hombres de qué les sirve ser listos?...

—¡Calla, habladora, que te voy a sacar la lengua! ¿Si no fuera yo listo, no me la hubieras tu pegado ya?

— Si quisiera pegársela a usted...

—¡Pegármela tú a mí! ¡Facilillo es!

— Pues yo no me caso con Cardona, que me caso con Bartolo.

— Bartolo es tonto.

— Pues a mi me sirve aunque lo sea.

—¡Anda, el tercer toque! ¡Vamos a misa!

—¡Pues, y he de entrar en la iglesia sin mantilla!

—¡Qué mantilla ni qué... En los pueblos no se anda con cumplimientos. ¡Vamos, vamos, pícara! ¿Qué va a que por tu causa me ponen el tío No-hay-Dios?

El alcalde echa a correr, y al trasponer una esquina se le escapa su hija, que va a meterse por otra callejuela, diciendo:

—¡Sí, ahora me iba yo a quedar sin hablar con Bartolo, cuando no le he visto desde el domingo pasado!

Por la misma callejuela viene Bartolo muy afligido y hablando consigo mismo como los tontos.

— Canasto, — dice —, lo que a mí me pasa no le pasa a nadie en el mundo con ser mundo, y más valiera morirse uno que ser tonto.

Al ver a la Geroma, corre a ella buscando el consuelo que le falta, y exclama abrazándola:

«Was kümmert mich das Gesetz und all der Plunder! In den Dörfern macht man keine großen Umstände.»

«Also gut, so gehen Sie allein in die Frühmesse, und ich warte auf die Hauptmesse.»

«Ja, ja, ich verstehe, Vögelchen! Du willst nur deshalb allein zur Messe gehen, damit du mit dem Schwachkopf da schäkern kannst. Daraus wird nichts. Ich habe dir schon gesagt, wen du zu heiraten hast, nämlich Cardona, den Klügsten im Dorf.»

«Was nützt denn den Männern ihre Klugheit?...»

«Schweig, Schwätzerin, oder ich reiße dir die Zunge heraus. Wäre ich nicht klug, hättest du mich dann nicht schon längst übers Ohr gehauen?»

«Wenn ich das wollte...»

«Du mich übers Ohr hauen! So einfach ist das nicht!»

«Jedenfalls: ich heirate Cardona nicht, ich heirate Bartolo.»

«Bartolo ist schwachsinnig.»

«Mir ist er trotzdem recht.»

«Komm, schon das dritte Läuten! Gehen wir zur Messe!»

«Ich soll also ohne Mantilla zur Kirche gehen?»

«Ach was, Mantilla hin oder her... In den Dörfern macht man keine großen Umstände. Komm, komm, Frechdachs! Sonst wette ich, ich bekomme deinetwegen noch den Spitznamen ‹Vetter Gottlos›!»

Der Schultheiß fängt an zu laufen; sowie er um eine Ecke biegt, entwischt ihm die Tochter in ein anderes Gäßchen; dabei sagt sie:

«Und jetzt sollte ich schon wieder nicht mit Bartolo reden können, wo ich ihn doch seit letztem Sonntag nicht mehr gesehen habe!»

Durch das gleiche Gäßchen kommt ganz bekümmert Bartolo – er redet vor sich hin, wie es Schwachsinnige so tun.

«Potz Blitz», sagt er, «was mir widerfährt, ist noch keinem widerfahren, seit die Welt besteht, und es wäre besser zu sterben, als schwachsinnig zu sein.»

Als er Geroma sieht, eilt er auf sie zu, um bei ihr den Schutz zu suchen, der ihm fehlt, umarmt sie und sagt:

—¡Ay Geroma de mi vida, qué desgracia la nuestra!

—Anda, bruto, y abraza a un toro, —replica la Geroma rechazándole y arreándole un bofetón que le hace ver las estrellas.

—Hi, hi! —gimotea Bartolo—, no esperaba yo de ti semejante correspondencia.

—¿Y qué tienes tú que abrazar a una moza soltera.

—Pero mujer, ¿no ves que como soy tonto no sé lo que me hago?

—Pues yo te iré avispando en cuanto nos casemos.

—¡Qué canasto nos hemos de casar, si corre por ahí un embuste que si le oye tu padre, me echa a presidio por toda la vida!

—¡Ay Bartolo de mi alma! ¿Y qué embuste es?

—¡Qué ha de ser, canasto! que anoche subí a tu cuarto por el balcón.

—¿De veras dicen eso?

—Tan de veras como yo soy tonto.

—¿Y qué vamos hacer para desmentirlo?

Un muchacho pasa por la plaza cantando una copla que oye Bartolo, pero que no debe oír el público hasta más adelante, a fin de que no pierda la ilusión.

—¡Ay, canasto, qué cosa ocurre! —exclama Bartolo al oír la copla, poniéndose más alegre que un entierro de pariente rico.

—¿Y qué cosa es?

—No te la digo, porque te vas a enfadar.

La gente que sale de misa aparece.

—¡Ay, que nos va a ver mi padre! —exclama la Geroma, disponiéndose a echar a correr.

—¿Me quieres, Geromilla?

—Sí que te quiero.

—Pues adiós.

—Adiós.

«Ach, Geroma, meine Allerliebste, wie groß ist doch unser Unglück!»

«Weg, du Grobian, umarme einen Stier!» stößt ihn Geroma zurück und verabreicht ihm eine Ohrfeige, daß er die Sterne sieht.

«Au, au!» schluchzt Bartolo, «eine solche Antwort habe ich von dir nicht erwartet.»

«Was fällt dir ein, ein lediges Mädchen zu umarmen!»

«Aber, Liebste, siehst du denn nicht, daß ich ein Schwachkopf bin und nicht weiß, was ich tue?»

«Ich werde dich schon zu Verstand bringen, wenn wir erst verheiratet sind.»

«Potz Blitz, wie sollen wir heiraten können, nachdem da eine Lügengeschichte herumerzählt wird, die mich lebenslänglich ins Gefängnis bringt, wenn sie deinem Vater zu Ohren kommt!»

«Ach, liebster Bartolo, was für eine Lügengeschichte ist das denn?»

«Was kann es sein, potz Blitz! Gestern nacht sei ich über den Balkon in dein Zimmer gestiegen.»

«Das erzählt man allen Ernstes?»

«Allen Ernstes, so wie ich ein Schwachkopf bin.»

«Was sollen wir tun, um sie zu widerlegen?»

Ein Junge geht über den Platz und singt ein Spottlied, das Bartolo zwar hört, aber das Publikum darf es vorläufig noch nicht hören, damit die Spannung nicht verloren geht.

«Potz Blitz und Donner, was für ein Einfall kommt mir da!» ruft Bartolo, als er den Spottvers hört, und er wird so fröhlich wie bei der Beerdigung eines reichen Verwandten.

«Was ist es?»

«Ich sage es dir nicht, sonst wirst du wütend.»

Die Leute kommen allmählich aus der Kirche.

«Ach, mein Vater könnte uns sehen!» ruft Geroma und möchte fortlaufen.

«Liebst du mich, Geromilla?»

«Ja, natürlich liebe ich dich.»

«Dann also, lebwohl.»

«Lebwohl.»

Y cada cual tira por su lado.

El alguacil encuentra a Bartolo cuando este va huyendo, y le dice:

—¡Bartolo! ya sé que anoche hiciste un pecado muy gordo. ¡Mira que hay Dios!

Y el alguacil sigue su camino.

En el soportal de la casa de Ayuntamiento comienza el sorteo para la quinta; pero a pesar de lo que interesa a todos los vecinos aquel acto, muchos dejan de prestar atención a él por cuchichear de otra cosa que debe de ser muy diferente; pues los hace reír, y por contemplar el sombrero de Bartolo, que continúa en el bacón.

Bartolo se retira del soportal, llorando como un becerro, porque ha sacado el número cuatro, y poco después hace lo mismo Cardona, pero saliendo de alegría, porque ha sacado el número cinco, y tocando al pueblo sólo cuatro soldados son útiles para coger el chopo los que han sacado los cuatro primeros números.

El Ayuntamiento se retira a tomar un refresco, compuesto de vino de Valdepeñas, un cochifrito y pan tierno.

Apenas el alcalde tira el primer latigazo al Valdepeñas, se le vuelve veneno en el cuerpo. ¿Por qué? Porque al fin llega a su oído lo que ya todos los vecinos saben: que su hija está deshonrada porque Bartolo asaltó anoche su honra, de lo cual es buen testigo el sombrero que aún campea en el balcón.

—¡Tío No-hay-Dios!— grita hecho un solimán, —prenda usted inmediatamente a ese galopo, y tráigamelo aquí atado codo con codo.

El alguacil cumple inmediatamente la orden del alcalde. Y al ver conducir preso al tonto, casi todos los vecinos, incluso Cardona, corren a la casa de Ayuntamiento.

—¡Bartolo!— dice el alguacil al preso, conforme le

Dann geht jeder der beiden seines Wegs.

Der Büttel begegnet Bartolo, als dieser sich eben davonmachen will, und sagt zu ihm:

«Bartolo, ich weiß genau, daß du gestern abend eine schwere Sünde begangen hast. Schau, es gibt einen Gott!»

Dann geht der Büttel weiter.

Unter den Arkaden vor dem Rathaus beginnt die Auslosung für den Soldatendienst; aber obwohl diese Amtshandlung alle Bewohner sehr viel angeht, lassen sich viele ablenken und tuscheln über etwas offenbar ganz anderes, über etwas, das sie zum Lachen bringt; immer wieder schauen sie zum Balkon hinauf, wo nach wie vor Bartolos Hut liegt.

Bartolo geht aus der Rathaushalle weg und heult wie ein junges Rind, denn er hat die Nummer vier gezogen; und gleich darauf kommt Cardona, aber er hüpft vor Fröhlichkeit, denn er hat die Nummer fünf gezogen;

da das Dorf nur vier Soldaten stellen muß, sind die mit den ersten vier Nummern tauglich, das Gewehr zu schultern.

Der Rat zieht sich zurück, um sich einen Imbiß zu genehmigen, der aus einem Krug Valdepeñas-Wein, geröstetem Hammelfleisch und frischem Brot besteht.

Kaum hat der Schultheiß den ersten Schluck getrunken, strömt er ihm wie Gift durch den Leib. Warum? Zu guter Letzt ist auch ihm zu Ohren gekommen, was alle schon wissen: seine Tochter ist entehrt, denn Bartolo hat in der vergangenen Nacht einen Überfall auf ihre Ehre unternommen, wofür der Hut ein guter Zeuge ist, der immer noch auf dem Balkon thront.

«Vetter Gottlos!» schreit er außer sich, «verhaften Sie augenblicklich diesen Schurken und bringen Sie ihn an den Ellbogen gefesselt her!»

Der Büttel führt den Befehl des Schultheißen unverzüglich aus. Als der Trottel gefesselt vorbeigeführt wird, strömt fast die ganze Nachbarschaft, Cardona eingeschlossen, zum Rathaus.

«Bartolo!» sagt der Büttel auf dem Weg zum Gefangenen,

conduce, – si has cometido un delito, no le niegues. ¡Mira que hay Dios!

– ¡Bartolo! – grita el alcalde, – ¿no es verdad que no entraste anoche en mi casa? ¿No es verdad que es una infame calumnia la que todo el pueblo levanta a la honra de mi hija?

– Señor alcalde, – contesta el tonto, – yo le diré a usted lo que pasó anoche.

– ¡Di la verdad!

– ¡No la he de decir, canasto!

– Pues despacha, que en cuanto des tú la declaración, la justicia tiene que comenzar la de soldados.

– Pues señor, pasaba yo debajo del balcón de la Geroma, cuando digo: «Aquella estará ya en lo caliente; pero ¡canasto! si duerme, que despierte.» Conque cojo una china y la tiro al balcón, y cate usted que la Geroma sale en camisa...

– ¡Qué azotes! ¡Grandísima bribona!

– Comencé a echarla piropos, y se reía la tonta, y decía: «¡buenos galopos estáis los hombres!» Conque digo: mira, échame una escupitina en el sombrero y me marcho, que aquí corre un gris de lo fino. –

Dice: mira, Bartolo, ¿quieres subir? – Digo: no, que si me siente tu padre... – Dice: qué, si mi padre está ya roncando como un marrano...

– ¡Marrano yo!...

– ¡Yo qué sé? ella así dijo. Conque en estas y las otras, que si subes, que si no subo, dice: Voy a abrirte la puerta.

– ¿Y abrió?

– ¡Vaya si abrió, canasto!

– ¡Ah hija de una cabra!

– ¡Poco a poco, canasto, que es usted su padre!

– ¿Con que abrió la grandísima?...

– ¿No le digo a usted que sí, canasto?

– ¿Y tú qué hiciste?

«wenn du dich vergangen hast, so leugne es nicht. Schau, es gibt einen Gott!»

«Bartolo!» herrscht ihn der Schultheiß an, «ist es wahr, daß du gestern nacht in mein Haus eingedrungen bist? Oder ist es eine niederträchtige Verleumdung, was das ganze Dorf über die Ehre meiner Tochter verbreitet?»

«Herr Schultheiß», antwortet der Trottel, «ich werde Ihnen erzählen, was gestern nacht vorgefallen ist.»

«Sag die Wahrheit!»

«Warum sollte ich sie nicht sagen, potz Blitz!»

«So fang an, denn sobald du deine Aussage gemacht hast, beginnt der Rat die Erklärungen der Ausgelosten entgegenzunehmen.»

«Nun, Herr, ich ging also unter dem Balkon der Geroma vorbei, und da sagte ich mir: ‹Sie ist schon im Warmen; aber potz Blitz, wenn sie schläft, soll sie aufwachen!› Ich hebe also einen Kieselstein auf, werfe ihn zum Balkon hinauf, und sieh an, die Geroma kommt im Nachthemd...»

«Weh dir, du falsches Luder!»

«Ich schicke Schmeicheleien zu ihr hinauf, das Dummerchen lacht dazu und sagt: ‹Was für unverschämte Kerle ihr Männer doch seid!› Dann sage ich zu ihr: ‹Also gut, spuck mir in den Hut, und ich gehe, denn hier weht ein verflixt kaltes Lüftchen›. Und sie: ‹Bartolo, willst du nicht heraufkommen?› Ich sage: ‹Nein, denn wenn mich dein Vater hört...› Da sagt sie: ‹Ach was, mein Vater schnarcht wie ein grunzendes Schwein...›»

«Ein Schwein, ich!...»

«Was weiß ich, so hat sie es gesagt. So geht es weiter hin und her, ob doch oder doch nicht, bis sie sagt: ‹Warte, ich mache dir die Tür auf.›»

«Und sie machte auf?»

«Und ob sie aufmachte, potz Blitz!»

«Ha, diese Hexenbrut!»

«Nur gemach, Sie sind schließlich ihr Vater!»

«So hat sie also aufgemacht, dieses falscheste aller...?»

«Habe ich es nicht schon gesagt, potz Blitz?»

«Und was hast du getan?»

– Toma, yo como soy tonto me metí en casa de usted.
– ¿Y subiste?
– Bajé por el balcón.
– ¡Ah infame, qué presidio te vas a mamar!
– ¡Cá!
– ¿Cómo que cá? Te coge de medio a medio la ley.
– La ley no reza conmigo.
– ¿Por qué no, bribón?
– Porque soy tonto.
– Ya te daré yo la tontería. ¡Penetrar en casa ajena a las altas horas de la noche!...
– En los pueblos no se anda con cumplimientos.
– Alguacil, sopla en el cepo a este bribón.
– Si se acerca a mí le hundo de un puñetazo.
– ¡Favor a la justicia!

Cardona y otros mozos ayudan al alguacil, y entre todos sujetan a Bartolo, que alcanza a Cardona dos puñetazos dirigidos al alguacil.

IV

Aquí viene un monólogo del barba, es decir, del alcalde. Los monólogos son de tan mala ley en las comedias, como en los libros las dedicatorias a ministros; pero allá va, a ver si acaba de llevar el demonio la literatura dramática, que poco falta.

– Hasta los perros y los gatos saben que ese bribón penetró anoche en mi casa. Por consiguiente, hasta los gatos y los perros pueden declarar contra él, y me será fácil echarle a un presidio. Sí, voto a bríos el Baco balillo, a un presidio ha de ir ese bribón.

El muchacho que cantó antes la copla, vuelve a cantarla. Como ya no tenemos miedo de destruir la ilusión del público, no hay inconveniente en que el público oiga lo que canta el muchacho. El muchacho canta:

«Nun, also, da ich eben ein Trottel bin, so bin ich in Ihr Haus hineingegangen.»

«Und hinaufgegangen?»

«Und über den Balkon hinunter.»

«Ha, du Schurke, wie du schmachten wirst im Gefängnis!»

«Bah!»

«Was ‹bah›? Das Gesetz trifft dich voll und ganz.»

«Das Gesetz geht mich nichts an.»

«Warum nicht, du Spitzbube?»

«Weil ich schwachsinnig bin.»

«Ich werde es dir geben für deinen Schwachsinn. In ein fremdes Haus einsteigen mitten in der Nacht! ...»

«In den Dörfern macht man keine großen Umstände.»

«Büttel, sperre diesen Spitzbuben ein.»

«Wenn er in meine Nähe kommt, schlage ich ihn nieder.»

«Helft der Justiz!»

Cardona und andere Burschen helfen dem Büttel, und gemeinsam fesseln sie Bartolo, der Cardona noch mit zwei Faustschlägen erwischt, die für den Büttel bestimmt waren.

IV

Hier hält der Bärtige, nämlich der Schultheiß, ein Selbstgespräch. In den Lustspielen haben Selbstgespräche einen so schlechten Ruf wie in den Büchern Widmungen an Minister; aber los damit, vielleicht holt sich der Teufel die Theaterliteratur noch ganz, denn es fehlt nur wenig dazu:

«Sogar Hunde und Katzen wissen, daß dieser Spitzbube gestern nacht in mein Haus eingestiegen ist. Somit können sogar Hunde und Katzen gegen ihn zeugen, und es wird mir ein leichtes sein, ihn hinter Gitter zu bringen. Ja, ich schwöre beim Bacchus, ins Gefängnis kommt dieser Spitzbube.»

Der Junge, der das Spottlied sang, singt es nun nochmals. Da wir jetzt nicht mehr befürchten, beim Publikum die Spannung zu zerstören, haben wir auch nichts mehr dagegen, daß das Publikum zu hören bekommt, was der Junge singt. Der Junge singt also:

Dice el sabio Salomón
que el que engaña a una doncella
no tiene perdón de Dios
si no se casa con ella.

Esta copla iluminó antes la obscura inteligencia de Bartolo, y ahora ilumina la nebulosa del alcalde. De modo que esta copla sirve de candileja en nuestro teatro.

¿Por qué su luz no habrá alcanzado también a la inteligencia de Cardona? Si Cardona no fuera el más listo del pueblo, tendríamos por el más tonto del pueblo a Cardona. Pero dejémonos de conversación, y oigamos el monólogo del alcalde:

– ¡Pero, bestia de mí, cómo hablo de echar a presidio a ese galopo, si la fatalidad le ha hecho ya yerno mío! El único medio de lavar la mancha que ha caído en la honra de mi casa, consiste en el casamiento del tonto con mi hija. Sí, se casará, voto a una recua de demonios. ¡Tío No-hay-Dios!

El tío No-hay-Dios aparece.

– Saca del cepo a Bartolo y tráele aquí.

El tío No-hay-Dios obedece, y el respetable público, al ver que sacan al soportal al tonto, se agolpa al soportal.

– ¡Bartolo! – dice el alcalde plagiando sin conciencia – El que deshonra a una doncella no tiene perdón de Dios ni de los hombres si no se casa con ella más pronto que la vista.

– No digo lo contrario – contesta Bartolo.

– Pues bien: te vas a casar con mi hija.

– Con mucho gusto y fina voluntad.

– Eso no, canute – salta Cardona poniéndose como un toro –. Quien se casa con la Geroma soy yo.

– No puede ser – replica el alcalde.

– El guardar a una mujer – murmura Bartolo riéndose como un tonto.

– Sepa usted – dice Cardona – y sepan todos los

> «Salomon, der Weise, spricht:
> Wer an eines Mädchens Ehre rührt
> und es nicht zum Altar führt,
> dem vergibt der Herrgott nicht.»

Dieser Vers war es, was vorhin Bartolos Geistesdunkel erhellte und nun auch den Nebel im Kopf des Schultheißen lichtete. Somit dient das Spottlied als Lämpchen in unserm Theaterstück.

Warum ist sein Licht denn nicht bis zu Cardonas Intelligenz gedrungen? Wäre Cardona nicht der Klügste im ganzen Dorf, wir müßten Cardona für den Allerdümmsten im Dorf halten. Aber lassen wir das Plaudern, und hören wir dem Schultheißen bei seinem Selbstgespräch zu:

«Ach, wie dumm, wieso rede ich davon, den Schuft einzusperren, wenn das Schicksal ihn zu meinem Schwiegersohn gemacht hat! Als einziges Mittel, den Fleck reinzuwaschen, der auf die Ehre meiner Tochter gefallen ist, bleibt die Hochzeit des Trottels mit meiner Tochter. Ja, er wird sie heiraten, das schwöre ich bei einer Koppel von Teufeln. Vetter Gottlos!»

Vetter Gottlos kommt:

«Hole Bartolo aus dem Gefängnis und bringe ihn her!»

Vetter Gottlos gehorcht, und wie das ehrenwerte Publikum sieht, daß der Trottel zum Rathaus geführt wird, drängen sich alle zu den Arkaden.

«Bartolo», sagt der Schultheiß zu ihm unter unbewußter Verwendung fremden geistigen Eigentums, «wer ein Mädchen entehrt, findet bei Gott und den Menschen keine Vergebung, wenn er es nicht auf der Stelle heiratet.»

«Ich habe nichts dagegen», antwortet Bartolo.

«Also gut, du wirst meine Tochter heiraten.»

«Mit großem Vergnügen und von Herzen gern.»

«Es geht nicht, potztausend!» springt Cardona wie ein Stier dazwischen: «Ich heirate die Geroma.»

«Das kann nicht sein», erwidert der Schultheiß.

«Eine Frau hüten», murmelt Bartolo und lacht, wie Schwachsinnige eben lachen.

«Sie müssen wissen», sagt Cardona, «und alle Anwesen-

presentes que lo de la subida de Bartolo al cuarto de la Geroma es un cuento inventado por mí, con ayuda de la tía Bolera.

– Pues la tía Bolera y tú iréis a un presidio por calumniadores.

El respetable público prorrumpe en aplausos.

– ¡Canute, recanute, que me suceda a mí esto!

– Pero como unos lo creerán y otros no, la honra de mi hija quedará en vilo si Bartolo no se casa con la Geroma; y para que no quede, quiero que la Geroma se case con Bartolo.

– Pero casándose conmigo, queda todo compuesto – arguye Cardona.

– Si no eres calumniador, eres un mozo sin vergüenza. Cualquiera de las dos cosas que seas, no sirves para yerno mío.

El respetable público silba estrepitosamente a Cardona, y éste se larga echando sapos y culebras por aquella boca.

– ¡Eh, Cardona! – le grita la tía Bolera desde su puesto – ¿con que estamos conformes en que me cederás los frutales de tu huerto?

– No estamos conformes – contesta Cardona desesperado.

– ¿Por qué, hijo?

– Porque los necesito para ahorcarme en ellos.

El respetable público aplaude la determinación de Cardona.

– ¡Ah, pedazo de!...

El juicio de exenciones y declaración de soldados comienza.

Los tres primeros números son declarados útiles.

– ¡Número cuatro! – grita el secretario, y Bartolo se presenta.

– ¿Tiene usted algo que alegar?

– Si señor, que soy tonto.

El Ayuntamiento delibera y declara inútil para el servicio a Bartolo por tonto de capirote.

den hier müssen wissen, daß die Geschichte, Bartolo sei in Geromas Schlafzimmer eingestiegen, von mir mit Hilfe der Base Bolera erfunden worden ist.»

«So kommt ihr beide wegen Verleumdung ins Gefängnis, du mitsamt der Base Bolera.»

Das ehrenwerte Publikum klatscht Beifall.

«Potztausend und Millionen, daß mir so etwas widerfährt!»

«Aber da es die einen glauben und die andern nicht, bleibt die Ehre meiner Tochter angetastet, wenn Bartolo sie nicht heiratet; und damit das nicht geschieht, will ich, daß Geroma Bartolo heiratet.»

«Aber wenn sie mich heiratet, kommt doch alles in Ordnung», führt Cardona an.

«Entweder bist du ein Verleumder oder ein schamloser Kerl. Im einen wie im andern Fall taugst du mir nicht als Schwiegersohn.»

Das ehrenwerte Publikum pfeift Cardona schrill aus, und dieser verzieht sich, Gift und Galle sprühend.

«He, Cardona!» ruft Base Bolera von ihrem Standort aus: «Somit ist abgemacht, daß du mir die Obstbäume in deinem Garten überläßt?»

«Überhaupt nichts ist abgemacht», antwortet Cardona verzweifelt.

«Warum nicht, Junge?»

«Weil ich sie brauche, um mich daran aufzuhängen.»

Das ehrenwerte Publikum nimmt Cardonas Entschluß beifällig auf:

«Ha, du Miststück...!»

Die Beurteilung der Hinderungsgründe und Erklärungen beginnt.

Die ersten drei Nummern werden als tauglich erklärt.

«Nummer vier!» ruft dann der Schreiber, und Bartolo tritt vor:

«Haben Sie etwas anzuführen?»

«Ja, Herr, ich bin schwachsinnig.»

Der Rat bespricht sich und erklärt Bartolo für dienstuntauglich wegen schweren Schwachsinns.

—¡Número cinco! —vuelve a gritar el secretario, y comparece Cardona tan desesperado que se tiraría de los pelos si no se los hubiera arrancado ya de rabia.

—¿Tiene usted alguna exención que alegar?

—Sí señor, que soy más tonto que una mata de habas, —contesta Cardona con profunda convicción.

El Ayuntamiento y el respetable público se echan a reír como quien dice ¡qué pillo es este muchacho!

Cardona es declarado útil para poder manejar el chopo.

—¡Canute, recanute! —exclama Cardona arreándose puñetazos a sí mismo—; que llamen al número seis, porque yo voy a matar al tonto y ahorcarme en seguida en un árbol de mi huerto.

El respetable público vuelve a aplaudir.

—¡Tío No-hay-Dios! —dice el alcalde—, al cepo con ese quinto hasta que se haga la ‹entriegu› en caja.

Cardona se defiende como un león, pero al fin el alguacil ayudado por Bartolo y otros mozos, le sujetan.

—¡Cardona! —le dice el alguacil, por lo bajo, al soplarle en el cepo—, ¡hay Dios!

—¡Ya lo sé! —contesta Cardona, ya más manso que un cordero.

V

Esta comedia tiene su epílogo y todo, lo que prueba que es muy buena; como las buenas escasean tanto, milagro será que algún empresario no nos la represente o algún autorzuelo no nos la birle; pero si a tal se atreviesen ¡ay de ellos, que el autor los balda echándoles la ley encima!

El epílogo es pasados unos quince días.

Cardona con los demás quintos, sale del pueblo para ir a entrar en caja. Al pasar junto a su huerto, dirige la vista a los frutales pesaroso de que no se le permita ahorcarse en uno de ellos.

«Nummer fünf!» ruft der Schreiber nun, und Cardona tritt so verzweifelt vor, daß er sich die Haare raufen würde, wenn er sie sich vor Wut nicht schon ausgerissen hätte:

«Haben Sie einen Hinderungsgrund anzuführen?»

«Ja, Herr, ich bin dümmer als Bohnenstroh», erklärt Cardona aus tiefster Überzeugung.

Der Rat und das ehrenwerte Publikum fangen an zu lachen, als wollten sie sagen: «Was für ein Schlaumeier ist doch dieser Bursche!»

Cardona wird als tauglich erklärt, mit einem Gewehr umzugehen.

«Potztausend und Millionen!» stößt Cardona aus und schlägt mit den Fäusten auf sich ein: «Man rufe die Nummer sechs, denn ich werde den Trottel umbringen und mich sogleich an einem Baum in meinem Garten aufhängen.»

Das ehrenwerte Publikum klatscht wieder Beifall.

«Vetter Gottlos!» sagt der Schultheiß: «Ins Gefängnis mit diesem Rekruten, bis er eingezogen wird.»

Cardona wehrt sich wie ein Löwe, aber schließlich gelingt es dem Büttel mit Hilfe von Bartolo und andern Burschen, ihn festzuhalten.

«Cardona!» sagt der Büttel leise zu ihm, während er ihn einsperrt: «Es gibt einen Gott!»

«Das weiß ich schon!» antwortet nun Cardona schon sanft wie ein Lämmchen.

V

Dieses Theaterstück hat sogar noch ein Nachspiel, was beweist, daß es sehr gut ist; da die guten so dünn gesät sind, wäre es ein Wunder, wenn es kein Impresario für uns aufführen oder irgendein Schreiberling es uns stehlen würde; wehe ihnen, wenn sie das wagen sollten! Der Autor wird sie mit der ganzen Kraft des Gesetzes daran hindern.

Das Nachspiel findet etwa vierzehn Tage später statt.

Cardona und die andern Ausgehobenen ziehen zum Dorf hinaus, um ihren Dienst anzutreten. Bei seinem Obstgarten wirft er einen wehmütigen Blick auf die Bäume, weil ihm nicht vergönnt ist, sich daran aufzuhängen.

Geroma y Bartolo salen de la iglesia donde acaban de casarse. ¡Ahora sí que el tonto se mete en casa del alcalde!

Entre la mulitud de gentes que acompañan a los novios va el tío No-hay-Dios.

– ¡Bartolo! – dice el alguacil –, el calumniador ha sido castigado y recompensado el inocente. Esto te probará que ¡hay Dios!

– Sí – contesta Bartolo, – y por eso tengo un remordimiento.

– ¿Cual?

– Cardona va soldado por haber alegado yo que soy tonto.

– ¿Y sospechas que no lo eres?

– Lo sospecho.

– Yo también sospecho que eres más listo que Cardona.

Geroma und Bartolo kommen eben als Neuvermählte aus der Kirche. Jetzt allerdings hat der Trottel Zutritt zum Schultheißenhaus!

In der Menschenmenge, die das Brautpaar begleitet, befindet sich auch Vetter Gottlos.

«Bartolo!» sagt der Büttel: «Der Verleumder ist bestraft und der Unschuldige belohnt. Das beweist dir, daß es einen Gott gibt!»

«Ja», antwortet Bartolo, «deswegen habe ich ein schlechtes Gewissen.»

«Nämlich?»

«Cardona wird Soldat, weil ich als Hinderungsgrund meinen Schwachsinn angeführt habe.»

«Vermutest du, daß es nicht stimmt?»

«Das vermute ich.»

«Ich vermute auch, daß du klüger bist als Cardona.»

Anmerkungen

Seite 74, Zeile 1 colomnaria: Silbermünze aus den amerikanischen Kolonien.
74, 10 Tamerlán = Timur Lenk, Tartarenfürst im 14. Jahrhundert.
84, 4 v. u. Carabanchel: Vorort von Madrid.
92, 9 El sí las niñas (Das Jahr der Mädchen, 1806) ist das berühmteste, noch heute gern gespielte Stück von Leandro Fernández de Moratín (1760–1828).
92, 13 chorizos und polacos: Anhänger zweier einander bekämpfender politischer Parteien.
92, 17 Luciano Francisco Comella (1751–1812) stand mit seinen Theaterstücken im Stil der klassischen spanischen Komödie schon zu Lebzeiten im Schatten des berühmteren Moratín und ist heute vergessen.
96/97 Un cuarto / Ein Zimmer: In spanischen Städten wurden bis ins 20. Jahrhundert einzelne Zimmer einer Wohnung vermietet, zu denen manchmal ein fensterloses Schlafkämmerchen und/oder Kabinett gehörte. Küche und Abort waren gemeinsam.
124, 25 La Atala und El Lindora sind andalusische Volkslieder.
126, 18 El zapatero y el rey: Schauspiel von José Zorrilla (1817–1893).
126, 21 Roscio, Talma, Máiquez: berühmte Schauspieler der Zeit.
126, 23 Guzman el bueno: Schauspiel von Nicolás Fernández de Moratín (1737–1780).
126, 26 Marcela: Lustspiel von Bretón de los Herreros (1796 bis 1873).
132, 2 Pelayo: Versepos in Oktaven von José de Espronceda (1808–1842).
136/137 Der Titel ist eine stehende Redensart für einen Ausbund an Klugheit.
136, 10 Bolera, abgeleitet von la bola (Schwindel), also etwa: Schwindeltante.
138, 12 und 14 cuarto und maravedí: alte Münzen von geringem Wert.

Manuel Jurado
Zur spanischen Romantik

Das 19. Jahrhundert war in Spanien eine Epoche voller Unruhe, politischer und sozialer Spannungen, Bürgerkriege und Revolutionen. Seit der Unterwerfung unter die französische Herrschaft zu Beginn des Jahrhunderts – der damalige Ministerpräsident Godoy (1792–1808) hatte dabei eine unrühmliche Rolle gespielt, und sie gipfelte in der Verbannung König Karls IV. und der Thronbesteigung Ferdinands VII. – bis zum gänzlichen Verlust aller Überseekolonien im Kubakrieg gegen die Vereinigten Staaten von 1898 wurde Spanien dauernd von Krisen geschüttelt, welche es gegenüber Europa mindestens dreißig Jahre in Rückstand brachten.

Der Unabhängigkeitskrieg gegen die napoleonischen Truppen schien zwar die ideologischen Unterschiede aufzuheben und die Geister zu einen, aber kaum war der Krieg zu Ende, flammten die alten Gegensätze zwischen konservativen Traditionalisten und fortschrittlichen Liberalen neu auf. Intellektuelle und Politiker suchten nach einem Neuanfang aus einer liberalen Haltung heraus, und noch als Cádiz von französischen Kanonen bedroht war, begannen dort 1810 die Vorbereitungen für eine progressive Verfassung, welche dann 1812 in Kraft trat. Sie war ein wichtiger Schritt zur politischen Modernisierung Spaniens und diente mehreren jungen Republiken in Südamerika und auch Portugal als Vorbild, aber sie nahm zu wenig Rücksicht auf die sozialen Gegebenheiten im spanischen Volk und scheiterte auch an den krassen Gegensätzen zwischen den politischen Kräften. Immer noch gab es nämlich die alte Gruppe der «Afrancesados» (Franzosenfreunde), der Anhänger des vorrevolutionären bourbonischen Reformkurses, und die «Nuevos Afrancesados» (Neue Franzosenanhänger), die Verfechter napoleonischer Ideen; weiter die Liberalen, die Anreger der Verfassung von 1812; und schließlich die Traditionalisten, die Verteidiger des imperialistischen Geistes aus dem goldenen spanischen Zeitalter der Habsburgerdynastie. Mit der Rückkehr Ferdinands VII. (1814) sah diese Gruppe die Möglichkeit, die Verfassung außer Kraft zu setzen und die absolute Monarchie wieder herzustellen.

Das Volk, das damals größtenteils noch dem Bauernstand angehörte und mit seiner Guerrilla-Tätigkeit wesentlich zur Befreiung von der napoleonischen Herrschaft beigetragen hatte, konnte sich allerdings von den neuen Verhältnissen keine Verbesserung seiner Lebensbedingungen erhoffen und benutzte diese neue (erfolgreiche)

Art der Kriegsführung – die heute allgemein verbreitete spanische Bezeichnung Guerilla = Kleinkrieg stammt aus dieser Zeit – nun zur Unterstützung der Liberalen gegen den Absolutismus Ferdinands VII. Viele liberale Intellektuelle gingen damals in Exil nach Portugal, England, Frankreich, Deutschland oder Italien, unter ihnen Espronceda, Larra und der Duque de Rivas, und kehrten erst 1833 wieder zurück, als nach der Thronbesteigung Isabels II. eine allgemeine Amnestie gewährt wurde. Damit lösten sich aber weder politische noch wirtschaftliche Probleme, ja, diese verschärften sich sogar noch wegen der letztlich nutzlosen Anstrengungen, die amerikanischen Kolonien zu halten, wo seit 1810 allerorts die Unabhängigkeitsbewegungen einsetzten. Geführt wurden diese hauptsächlich von aufgeklärten Criollos (= in der Neuen Welt geborene Menschen europäischer Abstammung), die ihre Ausbildung in Spanien oder Frankreich erhalten hatten. Sie verstanden es, die Volksmassen in Bewegung zu setzen, und erhofften sich von der politischen und wirtschaftlichen Unabhängigkeit der bisherigen Kolonien Macht und Ansehen.

Immerhin kam es bis etwa zur Jahrhundertmitte doch zu einem gewissen wirtschaftlichen Aufschwung in Spanien: die Bevölkerung stabilisierte sich merklich; die liberalen Spanier waren aus dem Exil zurückgekehrt; mit Hilfe ausländischen Kapitals wurden die Industrien gefördert, im Baskenland vor allem die Eisenverhüttung und in Katalonien die Textilverarbeitung; in Asturien und Andalusien (hier vor allem mit englischem Kapital) wurde die Bergbautechnik verbessert und rationalisiert; in Andalusien regten vor allem englische Familienunternehmen (Osborne, Byass, Domecq, Tarry) die Spezialisierung und Intensivierung des Weinbaus an; der Bau der ersten Eisenbahnlinien wurde vorangetrieben. Hingegen brachte die öffentliche Versteigerung der Kirchengüter und -schätze nicht die erhoffte Wirkung, nämlich den Kleinbauern zu Landbesitz zu verhelfen, denn diese verfügten nicht über die nötigen Geldmittel. So konnte wiederum der begüterte Landadel seinen Grundbesitz vergrößern. Die Regierung verstand es nicht, mit dem Erlös aus diesen Verkäufen die Landwirtschaft zu modernisieren, die Bewässerungsanlagen zu erneuern und allgemein die Produktionsbedingungen zu verbessern, und so blieb Spanien weiterhin das traditionelle Wein-, Öl- und Getreideland.

Mit der politischen und wirtschaftlichen Neuorientierung, zu der das Ausland einiges beitrug, gelangten auch die Ideen der europäischen Romantik nach Spanien, nicht zuletzt durch Intellektuelle, die in Spanien Wohnsitz nahmen. Besonders hervorzuheben ist in

diesem Zusammenhang der große Einfluß des deutschen Konsuls Nicolás Böhl de Faber, der das kulturelle Leben – vor allem das literarische – nachhaltig beeinflußte, zum Beispiel indem er sich in die lebhafte Polemik über die Herkunft, das Wesen und die Besonderheiten der spanischen Romantik einmischte. Umgekehrt entdeckten die romantischen Reisenden aus dem Norden die exotischen Reize der Mittelmeerländer und verbreiteten in ihren Berichten darüber gerade von Spanien das Bild eines orientalischen Märchenlandes, wie es bis heute bei manchen Touristen noch fortlebt. Die Spanienbegeisterung der deutschen Romantiker führte auch zur Wiederentdeckung der klassischen spanischen Literatur; zahlreiche wichtige Werke wurden damals ins Deutsche übersetzt, zum Beispiel Calderóns «Großes Welttheater» durch Eichendorff, der in seinem «Spanischen Liederbuch» auch die volkstümliche spanische Romanze in Deutschland bekannt machte.

Für die aus dem nordeuropäischen Exil heimgekehrten spanischen Intellektuellen bedeutete die Begegnung mit der Romantik dort die endgültige Überwindung des aufklärerischen Rationalismus. Wichtiger als Verstand ist für sie Gefühl, Phantasie, Ursprünglichkeit, über der Logik und der Intelligenz steht für sie Genie und Schöpfergeist. Diese Auffassung paßt ausgezeichnet zu den Zielen der spanischen Liberalen, die genau das in den Reformkurs Isabels II. (1844–1863) einbringen wollten, woraus sich schließlich der Geist des liberalen Bürgertums herausbildete.

Der in Deutschland von den Romantikern beschworene Volksgeist, womit sie zur nationalen Einigung aufriefen, fand in Spanien sein Gegenstück in Mariano José Larras Artikeln, in denen er seine Landsleute zu einer nationalen Erneuerung von innen bewegen wollte.

Trotz mancher Übereinstimmung mit den allgemeinen europäischen Strömungen, trotz aller wechselseitigen Einflüsse und Bezüge muß doch auf einige Besonderheiten der literarischen Entwicklung in Spanien in der romantischen Epoche hingewiesen werden. Gerade die Regierungszeit Ferdinands VII. (1814–1820) mit ihrer scharfen Zensur verhinderte den Durchbruch der Romantik, denn etliche wichtige Erneuerer kamen damals ins Gefängnis (zum Beispiel Manuel José Quintana, Francisco Martínez de la Rosa, Juan Nicasio Gallego), andere wählten das Exil (zum Beispiel Leandro Fernández de Moratín, Alberto Lista y Aragón, Félix José Reinoso). Erst in den dreißiger Jahren faßte die Romantik endgültig Fuß; als ihre Blütezeit gilt etwa das Jahrzehnt 1836–1846, doch sie wirkte noch lange nach und erreichte mit Gustavo Adolfo Bécquer

um 1870 sogar nochmals einen Höhepunkt. Auch wurde die nachfolgende Generation der realistischen Erzähler nachhaltig von der Romantik geprägt, darunter Pedro de Alarcón.

Die wichtigen literarischen Gattungen in Spanien sind das Drama und die Lyrik. Als Beispiele des breiten Fächers romantischer spanischer Lyrik seien genannt: «El Moro Expósito» (1829–33) des Duque de Rivas, die Verslegende «El Estudiante de Salamanca» (1836/37) und «El Diablo Mundo» (1840), beide von José de Espronceda (1808–1842), schließlich die «Rimas» von Gustavo Adolfo Bécquer, die erst 1871 nach seinem Tod veröffentlicht wurden und von einigen Kritikern als «germanische Seufzer» etikettiert wurden – vielleicht weil manches an Heine erinnert. – Marksteine des romantischen Dramas sind «Don Alvaro o la fuerza del sino» (1835) des Duque de Rivas, «Macías» (1834) von Mariano José de Larra, «Los amantes de Teruel» (1837) von Juan Eugenio Hartzenbusch (1806–1880) und schließlich das Kabinettstück des romantischen Theaters «Don Juan Tenorio» (1844) von José Zorrilla (1817–1893), das bis heute Jahr für Jahr mit großem Erfolg aufgeführt wird. Ihrer aller Thema, die schicksalshafte Liebesverstrickung, ist zugleich ein Hauptthema der spanischen Romantik.

Die romantische Prosa stand lange hinter dem Vers zurück, die Erzählung und der Roman spielten im Vergleich zum Drama und zur Lyrik nur eine untergeordnete Rolle. Die Ursachen sind in der Geschichte zu suchen: nach Cervantes war die große spanische Erzähltradition abgebrochen, und im ganzen 18. Jahrhundert war nur didaktische Prosa geschrieben worden. Dafür überschwemmten Übersetzungen europäischer Erfolgsromane den spanischen Markt: Chateaubriand, Dumas, Victor Hugo, Walter Scott, Manzoni usw. wurden zu Modeautoren. Erst 1823 erschien mit «Don Ramiro: Conde de Lucena» von Rafael de Húmara ein spanischer romantischer Roman von einer gewissen Eigenständigkeit, und es dauerte bis 1844, bis dem spanischen Diplomaten in Berlin, Enrique Gil y Carrasco (1815–1846), mit «El señor de Bembibre» ein Erfolgsroman gelang. Doch sie haben nur als Wegbereiter eine gewisse Bedeutung, und erst im Realismus wurde der Roman in Spanien wieder eine wichtige literarische Gattung; Fernán Caballero und Pedro de Alarcón sind die ersten bedeutenden Autoren.

Auch die romantischen Versuche, Themen und Stoffe aus der mündlichen Überlieferung – Märchen, Sagen, Schwänke – für Erzählungen zu verwenden, gehen auf ausländische Vorbilder zurück, vor allem auf die Brüder Grimm. Wieder ist es Fernán Caballero, dann auch Antonio de Trueba, denen wir einige schöne Geschichten

dieser Art verdanken. Meisterwerke hat auch hier erst wieder der Spätling Bécquer mit seinen «Legenden» geschaffen.

Das Eigenständigste und wohl auch Beste, was die romantische Prosaliteratur in Spanien hervorbrachte, sind die «Artículos de costumbre» oder «Cuadros de costumbre» oder «Escenas costumbristas», eine Art Feuilletonartikel mit Erzählelementen, die man ungefähr als «Bilder aus dem Volksleben» oder «Bilder aus dem Alltagsleben» umschreiben könnte. Sie sind meist ganz kurz und wollen dem Leser die unverfälschte spanische Wirklichkeit in typischen lokalen Eigenheiten und in typischer lokaler Sprache vor Augen führen oder auch satirisch karikierend Schwächen aufdecken und Mißstände anprangern. Verbreitet wurden die kostumbristischen Artikel vor allem in Zeitungen und Zeitschriften, und gerade in der Romantik kam es in Spanien zu einer eigentlichen Welle von Zeitungsgründungen. Viele dieser Blätter erreichten in ansehnlichen Auflagen ein großes lesehungriges Publikum. Mariano José de Larra kann als der Begründer der Gattung bezeichnet werden, und er hat auch gleich die Maßstäbe gesetzt; bis heute ist er das bewunderte Vorbild geblieben. Wichtige romantische Kostumbristen sind außer ihm Serafín Estébanez Calderón und Ramón Mesonero Romanos. Diese Mischform zwischen Journalismus und Literatur wurde in Spanien rasch so beliebt, daß sie sich definitiv einbürgerte und im 19. Jahrhundert auch den Roman stark beeinflußte. Auch die moderne Literatur und der moderne Journalismus zehren in Spanien immer noch vom traditionellen Kostumbrismus.

Zu den Autoren

Angel de Saavedra, duque de Rivas (1791–1865)
Er stammte aus Córdoba und war als feuriger Liberaler schon früh politisch tätig. In den Befreiungskriegen gegen die napoleonische Herrschaft hatte er sich durch seinen Heldenmut ausgezeichnet; von Ferdinand VII. wurde er zum Tode verurteilt. 1823 floh er nach London, reiste nach Italien und nach Malta weiter, wo er sich mit Sir John Hookham anfreundete und durch ihn mit der englischen Romantik vertraut wurde. Als er auf Grund des Amnestiedekrets 1833 nach Spanien zurückkehrte, brachte er in seinem Gepäck das in Paris geschriebene Drama «Don Alvaro o la fuerza del sino» mit, dessen Uraufführung in Madrid 1835 von den Intellektuellen als der Durchbruch der Romantik in Spanien gefeiert wurde. Das Stück, das eines der Hauptwerke der spanischen Romantik geblieben ist, diente Giuseppe Verdi als Vorlage für seine Oper «Die Macht des Schicksals».

Ebenso bedeutend wie die Dramen des Duque de Rivas ist sein lyrisches Werk. In seinen «Romances históricos» knüpft er an die Tradition der mittelalterlichen Romanzendichtung an, eine Linie, welche der deutsche Hispanist Nicolás Böhl de Faber in Spanien anregte.

Als Präsident der Akademie der Sprache und als Politiker (er war unter anderem Gesandter, Präsident des Staatsrats, Ministerpräsident) wurde er als brillanter Redner bekannt. In seinen späteren Jahren gelangte er immer mehr zu einer konservativen, ja reaktionären Haltung.

Prosawerke hat er nur wenige geschrieben, darunter einige köstliche kostumbristische Erzählungen; «El hospedador de provincia» stammt aus «El costumbrismo romántico» (Anthologie von José Luis Varela, Madrid 1969).

Fernán Caballero, pseud. für Cecilia de Arrom (1796–1877)
Als Tochter des deutschen Hispanisten Nicolás Böhl de Faber und der Andalusierin Frasquita Larrea kam Cecilia Böhl de Faber in Morges am Genfer See zur Welt und wuchs in Cádiz auf. Ihre frühen Werke schrieb sie deutsch oder französisch und ließ sie zur Veröffentlichung in Spanien vom Vater oder seinen Freunden übersetzen. Durch ihre Ehen mit spanischen Landadligen (sie wurde dreimal Witwe) lernte sie das andalusische Volk und das Landleben im täglichen Umgang mit Dienstboten und Bauern kennen und

schätzen. Begierig nahm die Schriftstellerin die farbige bilderreiche Sprache des einfachen Volkes auf und schöpfte aus seinem überlieferten Erfahrungsschatz, aus den Romanzen, Liedern und Sagen, Stoffe für ihre eigenen Geschichten. Bewußt näherte sie ihre Sprache der mündlichen Erzählung an. Sie veröffentlichte ihre Werke meist als Fortsetzungsgeschichten unter dem männlichen Pseudonym Fernán Caballero in Zeitungen und Zeitschriften. Natürlichkeit, Wahrheit, Patriotismus, Moral und Stimmung waren ihre Hauptanliegen, und auch darin ist der Einfluß von Ramón Mesonero Romanos spürbar. Mit ihrem bekanntesten Roman «La gaviota» (1849), aber auch mit «Lágrimas» (1853) oder «La familia Alvareda» (1856) und mit zahlreichen ihrer kürzeren Erzählungen, darunter «Cuadros de costumbres populares andaluces» (1852) und «Relaciones» (1857), hat sie sich einen bleibenden Platz in der spanischen Erzählliteratur geschaffen; sie gilt als Hauptvertreterin des traditionsverbundenen katholischen Kostumbrismus ihres Jahrhunderts.

«La viuda del cesante» stammt aus «Obras completas» Bd. XII (Colección de Escritores Castellanos, Madrid 1905–14).

Serafín Estébanez Calderón (1799–1867)
Er wurde in Málaga geboren und blieb zeitlebens in seiner andalusischen Heimat tief verwurzelt. An der Universität Granada wirkte er als Professor für Griechisch und in Sevilla als Zivilgouverneur. Mit Leidenschaft bemühte sich der Altphilologe und Arabist, das wahre Wesen Andalusiens in seinen antiken und islamischen Wurzeln aufzuspüren und die typisch lokale Sprache in ihrem ganzen Reichtum festzuhalten. Tatsächlich sind seine «Escenas andaluzas» (1846) – aus diesem seinem Hauptwerk stammt auch «Los filósofos en el fígon» – wertvolle Dokumente damaliger Alltags- und Festtagsbräuche. Allerdings fehlt ihm die kritische Haltung eines Larra, und er neigt zur Überschätzung des goldenen spanischen Zeitalters und der klassischen cervantinischen Sprache, was das Verständnis auch scheinbar «gewöhnlicher» Sachverhalte und Gespräche sehr erschweren kann. Seiner Freundschaft mit Prosper Mérimée ist es zu verdanken, daß dessen Werk in Spanien schon früh bekannt wurde.

Ramón Mesonero Romanos (1803–1882)
Er stammte aus einer wohlhabenden Kaufmannsfamilie aus Madrid, und seiner Vaterstadt galt seine ganze schriftstellerische Arbeit. Einige Zeit führte er die Geschäfte der Familie und bereiste dann

verschiedene Länder, wobei er die europäische Romantik in ihren nationalen Ausprägungen kennenlernte. «Manual de Madrid» (1831) und «Panorama matritense» (1835) sind seine ersten Sammlungen von kostumbristischen Artikeln, deren Thema der traditionelle – der «echte» – Madrider Alltag ist. 1836 gründete er die erste spanische Literaturzeitschrift «Semanario pintoresco español», die bald zur Plattform für die kostumbristische Literatur wurde. In vier Bänden gab er 1842 seine gesammelten «Escenas matritenses» heraus – daraus stammt auch «El alquiler de una habitación» – wo sich das Thema Madrid allmählich erschöpft. Wohl wird er seinem Motto: «Wahrheit und Moral als Grundlage, Heiterkeit in der Form und Geschmack im Stil» gerecht, aber bei allem Witz und aller spielerischen Leichtigkeit fehlt ihm doch die sprachliche Meisterschaft, die zum Beispiel Estébanez Calderón auszeichnet. Sein Alterswerk «Memorias de un setentón» (1881) enthält eine Fülle sehr persönlicher Anekdoten aus dem Madrider Geistesleben der Zeit.

Mariano José de Larra (1809–1837)
Er wurde in Madrid geboren und ist die schillerndste und anregendste Figur der spanischen Romantik – in mancher Hinsicht mit seinem deutschen Zeitgenossen Georg Büchner vergleichbar. Sein Vater war Arzt im napoleonischen Heer, weshalb die Familie nach dem Ende der Befreiungskriege nach Frankreich emigrierte und erst 1817 wieder nach Spanien zurückkehrte, wo der Beruf des Vaters viele Ortswechsel bedingte. Eine unglückliche Jugendliebe, eine unglückliche Ehe, die er mit zwanzig Jahren einging und enttäuscht aufgab, eine unglückliche Liebesbeziehung zu einer verheirateten Frau, welche diese abbrach, trieben ihn schließlich mit 27 Jahren in den Selbstmord. Beim Begräbnis trat der spätere Dichter des «Don Juan Tenorio», José Zorrilla, mit einem Gedicht zu Ehren des Verstorbenen erstmals an die Öffentlichkeit.

In seinem kurzen Dichterleben hat sich Larra in allen Gattungen versucht: Lyrik, Drama, Roman. Aber seinen Ruhm verdankt er seinen feuilletonistischen Arbeiten für die Tagespresse. Ob er über eine Theateraufführung oder eine Alltagsbegebenheit, über Politik oder Literatur schrieb, immer äußerte er sich grundsätzlich zur Lage in seinem Land, treu dem Motto der Romantik, daß die Literatur die Gesellschaft widerspiegeln, aber auch zu ihrer Erneuerung beitragen solle. Seine analytische Kritik an Spanien und an den Spaniern machte ihn aber auch zum Vorläufer der Generation von 1898, denn scharf prangerte er die Mißstände in Politik und Gesell-

schaft an, auf die er allerorten stieß. Vorbilder für seine satirischen Monologe waren ihm Horaz, Juvenal, Shakespeare; er benutzte auch gern die Brieffform, die damals in Frankreich und England im Schwange war, und führte diese Gattung in Spanien wieder ein. Zu Larras bekanntesten Artikeln gehören «Vuelva usted mañana», «El castellano viejo», «Casarse pronto y mal», «El mundo todo es máscaras», «En este país», «La vida de Madrid», «El día de difuntos de 1836», «La nochebuena de 1836»; obwohl die meisten von einem Tagesthema ausgehen, wirken sie frisch und zeitlos, denn der Autor verstand es, ohne Umschweife auf den allgemein menschlichen Kern loszugehen. – Larra benutzte verschiedene Pseudonyme, sein berühmtestes ist «Fígaro».

Antonio de Trueba (1819–1889)
Er stammte aus dem Baskenland und arbeitete mehrere Jahre in Madrid als Verkäufer in einer Eisenwarenhandlung, bis er 1862 Stadtarchivar und offizieller Chronist der Provinz Vizcaya wurde.

Er begann mit einer Sammlung von Gedichten und Liedern im Volkston, die ihn rasch bekannt machte und ihm den Beinamen «Antón, el de los cantares» eintrug. Später wandte er sich der Erzählung zu. Mit immer wieder neuen Bänden schlichter, bisweilen naiver Geschichten aus dem nordspanischen Dorfleben wurde er bei einem breiten Publikum bekannt und beliebt; dazu gehören «Cuentos populares» (1853), «Cuentos de color de rosa» (1859), «Cuentos campesinos» (1860) – daraus stammt «Más listo que Cardona» –, «Cuentos de vivos y muertos» (1866). Hauptanliegen bei seiner liebevollen Schilderung von Land und Leuten waren ihm (wie auch Fernán Caballero) christliche Moral und menschliche Güte.

Gustavo Adolfo Bécquer (1836–1870)
Er wurde in Sevilla geboren, aber seine Vorfahren stammen vermutlich aus Nordeuropa. Er verlor früh seine Eltern und wuchs bei seiner Patin auf. Im Atelier seines Onkels bildete er sich zusammen mit seinem Bruder zum Maler aus, und dies wirkte sich später deutlich auf seine dichterische Sprache aus. 1854 übersiedelte er nach Madrid, wo er sich mit verschiedenen Brotarbeiten (unter anderem war er Roman-Zensor) durchschlug. Allmählich bekam er Zugang zu Zeitungsredaktionen, und von da an wuchs sein Ansehen rasch.

Mit Bécquer erreicht die Romantik in Spanien nochmals einen (späten) Höhepunkt, und für die europäische Romantik bedeutet

sein Werk eine letzte schöne Blüte. Es ist nicht umfangreich; in Buchform herausgegeben wurde es erst nach seinem Tod von seinen Freunden. Seine Gedichte – unter dem Titel «Rimas» zusammengefaßt – bilden ein Hauptwerk der spanischen Lyrik und haben bedeutende Dichter späterer Generationen stark beeinflußt, vor allem Rosalía de Castro, Rubén Darío, Juan Ramón Jiménez, Antonio Machado und einige Vertreter der Generation von 1927. Sie werden als der Beginn der modernen spanischen Lyrik betrachtet und sind bis heute lebendiges Literatur-Erbe.

Auch die rund zwanzig Legenden («Leyendas») gehören nach wie vor zum literarischen Allgemeingut. Bei aller thematischen Verschiedenheit ist ihnen große lyrische Intensität gemeinsam; sie verbinden Phantastisches mit Humorvollem, Persönliches mit Historischem, Religiöses mit geheimnisvoll Magischem, und auch andere Schlüsselelemente der spanischen Romantik, wie orientale Exotik oder katholische Traditionen, fehlen nicht. – Weniger bekannt, aber für Kenner ein Genuß sind die «Cartas desde mi celda», wo er in der bei Romantikern beliebten Briefform sehr persönlich zu Fragen der Literaturtheorie Stellung nimmt.